# マハーバーラタ入門

Mahābhārata

महाभारत

## インド神話の世界

沖田瑞穂［著］

Okita Mizuho

勉誠社

# はじめに

全十八巻、約十万もの詩節より成る古代インド叙事詩『マハーバーラタ』。これは従兄弟同士の戦争物語を主筋とし、その間に多くの神話、教説、哲学が織り込まれた、膨大な書物である。その原語はサンスクリット語、古代インドの言葉で、ヨーロッパのラテン語に相当する位置づけである。

百科全書のような『マハーバーラタ』はあまりに巨大な書物であって、それがゆえに、不気味な噂もつきまとう。それは「外国人がこの物語を原典から翻訳すると、途中で命を落とす」というものである。実際に、海外でも我が国でも、大切な命が翻訳の途中で潰えた。サンスクリット語原典からの翻訳という困難な仕事は、寿命を縮めるのかもしれない。とはいえ、英訳はインド・プーナのバンダルカル研究所から出版された、いわゆるプーナ批判版からの完訳がある（デブロイによる）。

『マハーバーラタ』の主筋の物語は、決してハッピーエンドではない。登場人物のほとんどが戦争で命を落とし、勝者もやがて死に赴くという、結末だけを見ると悲劇である。物語では、何億という人間が戦争で命を落とした。この途方もない数字は、神話的数字である。インド人は数字を巨大にするのが得意だ。そして、生き残ったのはたったの一〇人。味方側が七人、敵方が三人だ。そこで、この物語を「寂静の情趣（シャーンタ・ラサ）」とよぶこともある。

この叙事詩の最大の英雄といえば、アルジュナであろう。彼は神弓ガーンディーヴァを自在にあやつり、神々から多くの武器を授かり、戦争において無比の活躍をした。しかし戦争のあと、その神的な力も翳りを見せる。神弓の力を十分に扱うことができなくなったのだ。その頃、彼は死期を悟って、ガーンディーヴァを海神ヴァルナ神に返すため海に沈め、兄弟たちと、妻ドラウパディーとともに最期の旅に出る。

このような英雄と武器との分離というモチーフは、ケルト圏のアーサー王物語に似ているところがある。アーサー王も、剣の英雄と言っていいほどに、剣と一心同体の関係にあった。しかし死が迫ると、その剣――エクスカリバーとして有名な剣――を湖の乙女に返し、そして死に赴く。英雄は、一心同体である武器と離れた時、それが死の時なのだ、ということかもしれない。このことに関して、我が国のヤマトタケルも想起される。彼もまた、旅の途中で草薙の剣をミヤズヒメの元に置いて出かけ、その後病を得て、失意の中、故郷を想いつつ命を落とした。

『マハーバーラタ』を読み解くことで、実はこの物語が、世界各国の神話とも深い関連にあることに気づく。これもこの巨大な書物の面白いところである。

本書は入門という形で、『マハーバーラタ』の概要を提示することを目的としている。複雑に入り組んだ主筋の物語と、挿話として語られる多くの神話伝承を分かりやすく整理するため、下記のような構成をとった。

・まず全体を内容面で四つに分け、四章構成とした。
・その四章をそれぞれ「主筋」部分と「挿話」部分に分けて、章ごとに通し番号を振った。
・各項において、関連する内容のコラムを付した。コラムでは、重要なモチーフ、他の国の神話との比較、登場人物の豆知識など、知っていると『マハーバーラタ』がより楽しめる話題を提供する。

この構成は、原典のそれとは大きく異なっており、あくまで分かりやすくするための便宜である。なお、出典、図版は全て「プーナ批判版」による。出典番号は巻・章・詩節の順で示し、長文にわたる場合は章までを示した。

主筋の物語はほぼ網羅する形で記述したが、挿話の選択は紙幅の関係でかなり絞らざるをえなかった。神話として、あるいは思想面で、面白くかつ重要なものを取り上げている。

本書を通じて、インド神話の世界に親しんでいただけたら幸いである。

［目次］

## 第2章　繁栄

## 第3章　追放

## 第4章　戦争と死

# あらすじ

『マハーバーラタ』の作者は作中人物でもある伝説的な聖仙ヴィヤーサであると伝えられているが、実際には一人の人物によって書かれたものではなく、相当な長期間、およそ紀元前四世紀頃から紀元後四世紀頃の間に、次第に形作られたものと推測されている。その主題はバラタ族の王位継承問題に端を発した大戦争である。物語の主役はパーンダヴァ（「パーンドゥの息子たち」という意味）と総称されるパーンドゥ王の五人の王子と、彼らの従兄弟にあたる、カウラヴァ（「クル族の息子たち」という意味）と総称される百人の王子である。この従兄弟同士の確執は一族の長老、バラモン、英雄たちに波及し、周辺の国々をも巻き込んで、やがてはクルの野、クルクシェートラで十八日間にわたって行われる大戦争に至る。

『マハーバーラタ』の主筋の大まかな流れは以下の通りである。

**＊パーンダヴァ五兄弟とカウラヴァ百兄弟の誕生**

ユディシュティラ、ビーマ、アルジュナ、ナクラ、サハデーヴァの五人のパーンダヴァが、それぞれ法の神ダルマ、風神ヴァーユ、神々の王インドラ、双子神アシュヴィンの子であることが語られる。ドゥルヨーダナを長兄とするカウラヴァ百兄弟は、アスラの化身として誕生した。

（本書第一章）

**＊ドラウパディーの獲得**

パーンダヴァ五兄弟は母クンティーとの放浪の旅の途中で、ドルパダ王の王女ドラウパディーの婿選び式（スヴァヤンヴァラ）に参加し、アルジュナが弓の競技に勝利してドラウパディーを妻に得た。ドラウパディーはクンティーの言葉により、また前世からの因縁により、五兄弟の共通の妻となった。一妻多夫婚というきわめて稀な結婚形態である。

**＊骰子賭博と王国追放**

結婚して帰国した後、王国を獲得した五兄弟であったが、骰子《サイコロ》賭博を好むユディシュティラが、カウラヴァの長男ドゥルヨーダナと、その叔父シャクニがしかけたいかさまの骰子賭博に負け、王国を失う。五兄弟とドラウパディーは放浪の旅に出る。

（本書第二章）

**＊十二年間の放浪、十三年目の正体を隠した生活**

六人は十二年間放浪の旅を続ける。この間、ユディシュティラは父神ダルマ、ビーマは兄神ハヌマーン、アルジュナは父神インドラとシヴァに会い、通過儀礼を経て、おのおのの特性を一層活かしたすぐれた英雄となる。十三年目は、正体を隠してヴィラータ王の宮殿でそれぞれの特技を活かした生活をする。

（本書第三章）

**＊大戦争**

やがて十三年の王国追放の期間が終了するが、カウラヴァ側が王国を返却しようとしないので、周囲の国々を巻き込んだ大戦争に発展する。この戦争でクリシュナがアルジュナに説いたのが有名な「バガヴァッド・ギーター」である。戦争は十八日間続き、アルジュナの戦車の御者を務めるクリシュナの詐術によって敵方の将軍が次々に倒され、最終的にパーンダヴァ側の勝利に終わる。

**＊夜襲**

カウラヴァ側の将軍ドローナの息子アシュヴァッターマンは、父がパーンダヴァに詐術によって戦場で殺されたことを恨み、勝利に酔うパーンダヴァの陣営に夜中密かに潜り込み、殺戮をほしいままにした上、焼き討ちする。この時不在であった五兄弟とクリシュナなど主要な英雄を除いたほとんどの英雄たちが命を落とす。

**＊ユディシュティラの即位とパーンダヴァの死**

こうして双方ともに大きな傷を負った戦争は終わり、ユディシュティラが即位する。しかしやがて五兄弟の神的な力も陰りを見せ、兄弟とドラウパディーは山へ死の旅に出て、そこで一人ずつ人間としての罪を問われながら命を落とす。死後は一旦地獄を経験してから天界へ昇った。

（本書第四章）

# 主要登場人物一覧

**アシュヴァッターマン**

ドローナの息子。優れた戦士。戦争の最後に必殺の武器「ブラフマシラス」を現出させアルジュナと対峙した。

**アルジュナ**

パーンダヴァ五兄弟の三男。パーンドゥ王の妃クンティーがインドラ神との間に儲けた子。『マハーバーラタ』随一の英雄で、弓術を得意とし、神弓ガーンディーヴァを用いて戦う英雄。

**アビマニユ**

アルジュナとスバドラーの息子。戦争で敵に取り囲まれて若死にした。

**アンバー**

カーシ国の一番目の王女。ビーシュマに恨みを抱いて自殺し、シカンディンとして生まれ変わった。

**アンバーリカー**

カーシ国の三番目の王女。クル王国のヴィチトラヴィーリヤに嫁ぎ、夫の死後ヴィヤーサ仙との間に息子パーンドゥを儲けた。

**アンビカー**

カーシ国の二番目の王女。クル王国のヴィチトラヴィーリヤに嫁ぎ、夫の死後ヴィヤーサ仙との間に息子ドリタラーシュトラを儲けた。

**ヴィチトラヴィーリヤ**

クル王国のシャンタヌ王とサティヤヴァティーの第二王子。

**ヴィドゥラ**

ヴィヤーサ仙がアンバーリカーの侍女との間に儲けた息子。ダルマ神の化身。

**ヴィヤーサ**

『マハーバーラタ』の作者とされる聖仙。パラーシャラ仙とサティヤヴァティーの息子。ドリタラーシュトラ、パーンドゥ、ヴィドゥラの実の父。

**カルナ（ヴァイカルタナ）**
クンティーが嫁入り前に太陽神との間に儲けた息子。生まれつき耳輪と鎧を身につけていた。ドゥルヨーダナの親友となる。

**ガンガー**
ガンジス川の女神。シャンタヌ王との間にビーシュマを儲けた。

**ガーンダーリー**
ガンダーラ国王の王女。ドリタラーシュトラ王に嫁ぎ、百人の王子を儲けた。

**クリシュナ**
ヤドゥ族の長ヴァスデーヴァの息子。アルジュナの親友。ヴィシュヌ神の化身とされる。

**クリパ**
パーンダヴァとカウラヴァの兵法の師。戦争において敵方の三人の生き残りの一人となり、パーンダヴァ陣営を焼き討ちした。

**クンティー（プリター）**
ヤドゥ族の長の娘で、クンティデーヴァ王の養女となり、結婚前に太陽神との間にカルナを産んだ。パーンドゥ王の妃となり、ユディシュティラ、ビーマ、アルジュナを儲けた。

**サティヤヴァティー**
魚になった天女アドリカーから生まれた。漁師の娘として育てられ、パラーシャラ仙との間にヴィヤーサ仙を儲けた。シャンタヌ王と結婚し、チトラーンガダ、ヴィチトラヴィーリヤを儲けた。

**サーティヤキ**
ヴリシュニ族の勇士。クリシュナの親友。戦争ではパーンダヴァ側で無比の活躍をした。大戦争の七人の生き残りのうちの一人。

**サハデーヴァ**
パーンダヴァ五兄弟の五男。マードリーがアシュヴィン双神との間に儲けた息子。賢さに優れている。

**サンジャヤ**
ドリタラーシュトラ王の御者。千里眼の持ち主で、クルクシェートラの大戦争をドリタラーシュトラに語って聞かせた。

**シカンディン**

ドルパダ王の娘として生まれ、のちに性転換して男になった。アンバーの生まれ変わり。ビーシュマの死の原因となる。

**シャクニ**

ガンダーラ国王の王子。ガーンダーリーの兄弟で、カウラヴァ百兄弟の叔父。いかさまの骰子賭博でユディシュティラから全てを奪った。

**ジャナメージャヤ**

パーンダヴァの子孫。パリクシットの息子。蛇供犠を行い蛇族を全滅させかかった。

**シャリヤ**

マドラ国王。マードリーの兄。戦争ではカルナの御者を務めた。

**シャンタヌ**

クル族のプラティーパ王の息子。ガンガー女神との間にビーシュマを儲けた。その後サティヤヴァティーと結婚し王子チトラーンガダとヴィチトラヴィーリヤを儲けた。

**スバドラー**

バララーマとクリシュナの妹。アルジュナに嫁ぎ、一子アビマニユを儲けた。

**チトラーンガダ**

クル王国のシャンタヌ王とサティヤヴァティーの第一子。ガンダルヴァとの戦いで若くして命を落とした。

**ドゥフシャーサナ**

ドリタラーシュトラ王の次男。ドラウパディーを辱めた張本人。

**ドゥルヨーダナ**

ドリタラーシュトラ王の長男。悪の化身としてパーンダヴァ兄弟と対立する。

**ドラウパディー（クリシュナー）**

パーンチャーラ国王の娘として祭壇の火の中から誕生した。パーンダヴァ五兄弟の共通の妻。

**ドリシュタデュムナ**

パーンチャーラ国王の息子として祭壇の火の中から誕生した。戦争ではパーンダヴァ側の軍総司令官として戦った。

**ドリタラーシュトラ**
ヴィヤーサ仙とアンビカーの息子。生まれつき盲目。弟パーンドゥの死後王位に就いた。ガーンダーリー妃との間に百人の王子を儲けた。

**ドルパダ**
パーンチャーラ国王。ドリシュタデュムナ、ドラウパディー、シカンディンの父。

**ドローナ**
バラドゥヴァージャ仙の息子。妻クリピーとの間にアシュヴァッターマンを儲けた。パーンダヴァとカウラヴァ、カルナらの武術の師。

**ナクラ**
パーンダヴァ五兄弟の四男。マードリーがアシュヴィン双神との間に儲けた息子。美しさと武芸に秀でる。

**パラーシャラ**
ヴィヤーサの父となった聖仙。

**バララーマ**
ヤドゥ族の長ヴァスデーヴァの息子。クリシュナの兄。ヴィシュヌ神の寝台であるシェーシャ竜王の化身とされる。戦争では中立の立場を取った。

**パリクシット**
アルジュナの息子アビマニユとその妃ウッタラーの息子。ジャナメージャヤ王の父。

**パーンドゥ**
ヴィヤーサ仙とアンバーリカーの息子。パーンダヴァ五兄弟の名目上の父。

**ビーシュマ**
シャンタヌ王とガンガー女神の息子。クル一族の長老。

**ビーマ（ビーマセーナ）**
パーンダヴァ五兄弟の次男。クンティーが風神ヴァーユとの間に儲けた息子。腕力と格闘術に秀でている。

**マードリー**
マドラ国の王女。パーンドゥ王の第二王妃。アシュヴィン双神との間にナクラとサハデーヴァを儲けた。

**ユディシュティラ**
パーンダヴァ五兄弟の長男。クンティーが法の神ダルマとの間に儲けた息子。徳高い「聖王」。

# 系図

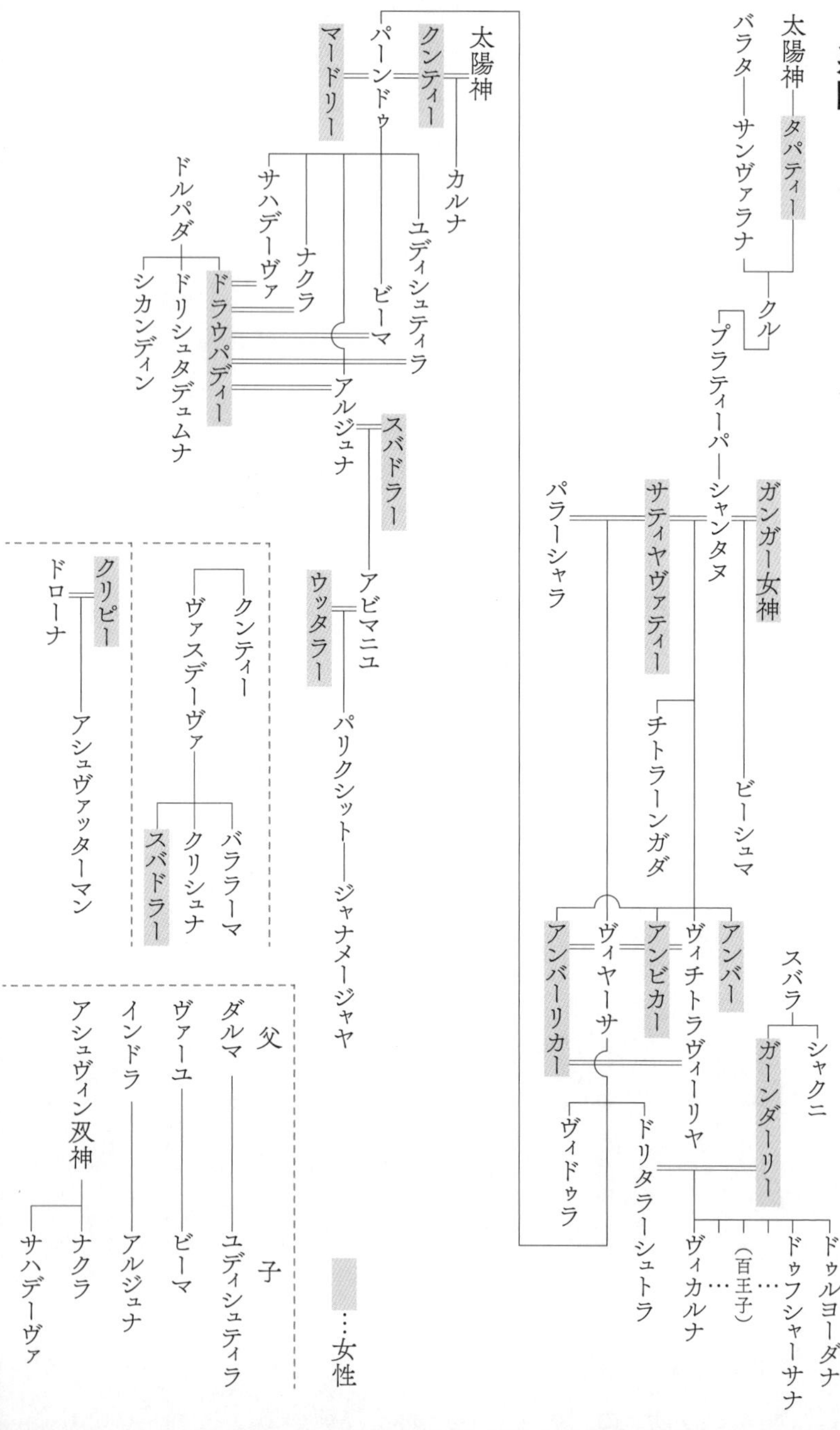
太陽神
タパティー
バラタ
サンヴァラナ
クル
プラティーパ
シャンタヌ
ガンガー女神
サティヤヴァティー
パラーシャラ
ビーシュマ
チトラーンガダ
ヴィチトラヴィーリヤ
アンバー
アンビカー
アンバーリカー
ヴィヤーサ
スバラ
シャクニ
ガーンダーリー
ドリタラーシュトラ
ヴィドゥラ
ドゥルヨーダナ
ドゥフシャーサナ
(百王子)
ヴィカルナ
太陽神
クンティー
パーンドゥ
マードリー
カルナ
ユディシュティラ
ビーマ
ナクラ
サハデーヴァ
ドルパダ
ドラウパディー
ドリシュタデュムナ
シカンディン
アルジュナ
スバドラー
アビマニユ
ウッタラー
パリクシット
ジャナメージャヤ
クンティー
ヴァスデーヴァ
バララーマ
クリシュナ
スバドラー
クリピー
ドローナ
アシュヴァッターマン
父
子
ダルマ
ユディシュティラ
ヴァーユ
ビーマ
インドラ
アルジュナ
アシュヴィン双神
ナクラ
サハデーヴァ
…女性

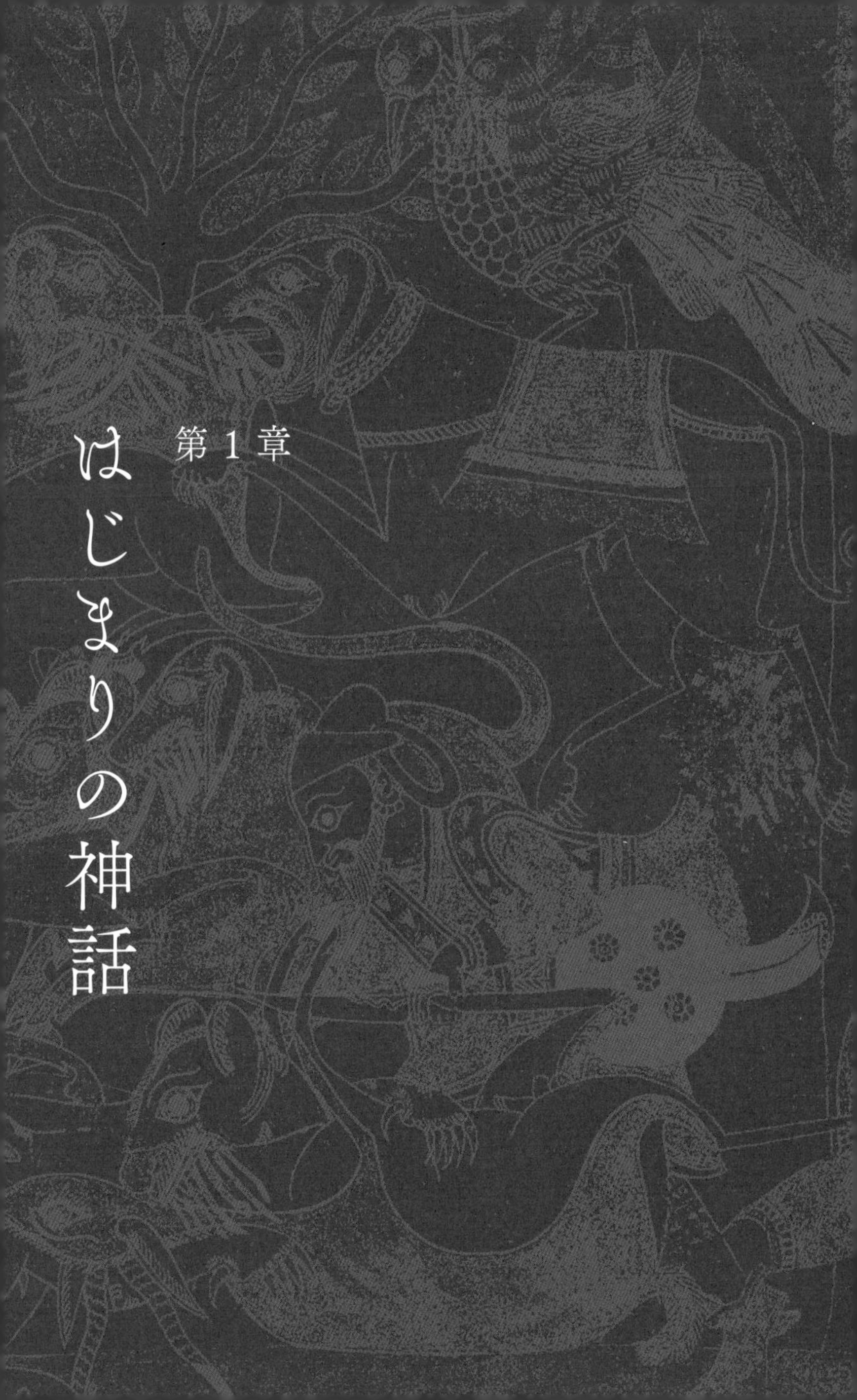

# 第1章
# はじまりの神話

# ◉序　宇宙のはじまり

この世にまだ光がなく、全てが闇におおわれていた時、生類の不滅の種子である、一つの巨大な卵が生じた。それは宇宙期（ユガ）の最初のできごとであった。その卵から創造神ブラフマーが誕生した。そのあと神々、聖仙や、この世に存在するあらゆるものが生じた。

やがてユガの終わりが訪れる。その時世界は再び帰滅する。チャクラ（輪）が回転するように、この世も回転して生成と滅亡を繰り返す。［1・1］

---

三つめのユガ、ドゥヴァーパラ・ユガから、最後の四つめのユガ、カリ・ユガに入る時に、『マハーバーラタ』の大戦争が起こった。ヴィヤーサ仙が十万の詩句を費やしてこの叙事詩を語った。

この叙事詩の特徴は、まさにこの叙事詩の中で、次のように約言されている。

「ここに存するものは他にもある。

しかし、ここに存しないものは、他のどこにも存しない」。［1・56・33］

◉主筋1

# 大地の重荷

四つの宇宙期（ユガ）の最初、クリタ・ユガの時代に、大地はくまなく多くの生類によって満たされていた。その頃、神々との戦いに敗れたアスラ（悪魔）たちが、天界より落とされて地上に生まれ変わった。彼らは人間をはじめとして、乳牛、馬、ロバ、ラクダ、水牛、肉食の獣、象、鹿など、さまざまな生類に生まれ変わった。天界から地上に落とされたアスラたちのうち、ある者は、力ある人間の王として生まれた。尊大な彼らは、海に囲まれた大地を取り囲み、バラモン、クシャトリヤ、ヴァイシャ、シュードラや、他の様々な生類を苦しめ、恐れさせ、殺戮しながら、幾度となく大地のあらゆる場所を歩き回った。不浄で、武勇に慢心し、狂気と力に酔った彼らは、隠棲所に住む偉大な聖仙たちをあちこちで傷つけた。

このように力に奢ったアスラたちによって、大地の女神は苦しめられた。風や蛇や山々は、もはやアスラたちに制圧された大地を支えることができなかった。重圧に悩み、恐怖に苦しめられた大地は、全生類の祖父であるブラフマー神に救いを求めた。創造主であるブラフマーは、すでに大地女神の悩みを知っていた。彼は誰に知らされなくとも、世界中の神々とアスラの望みを知っているのだ。ブラフマーは大地女神に悩みを解決してやることを約束して彼女を去らせると、全ての神々、半神族のガンダルヴァ、水の精・アプサラスたちにこう命じた。「大地の重荷を取り除くために、それぞれの分身によって地上に子を作りなさい」。

インドラをはじめとする全ての神々は、ブラフマーの命令を聞いて、その適切な言葉を受け入れた。彼らは自分たちの分身によって大地のあらゆる所に行くことを望み、ヴァイクンタにいるナーラーヤナ（ヴィシュヌ）神のもとへ行った。大地の浄化のために、インドラはこの最高の存在に言った。「あなた自身の分身によって、地上に降下して下さい」。ナーラーヤナは、「そのようにしよう」と答えた。〔1・58・24～50〕

このようなわけで、やがて地上において「クルクシェートラの戦争」が行われ、多くの戦士が命を落とすことになるのである。

## ◇「大地の重荷」のモチーフ

『マハーバーラタ』の大戦争の原因が「大地の重荷」の神話によって説明されているという点で、この神話は、ギリシャに伝わるトロヤ戦争の発端にかかわる神話とそっくりである。失われた叙事詩『キュプリア』の断片によると、あまりにも数の増えすぎた人間の重みに耐えかねた大地の女神が、その重みを軽減してくれるようにゼウスに嘆願した。ゼウスは彼女を憐れみ、まずテバイをめぐる戦争を起こして多くの人間を殺し、次に女神テティスを人間ペレウスと結婚させて英雄アキレウスを誕生させ、またゼウス自身と人間の女レダとの間に絶世の美女ヘレネを生まれさせた。そしてこの二人の主人公によって準備されたトロヤ戦争においてさらに多くの人間を殺し、大地の負担を軽減した。

「大地の重荷」＝増えすぎた生類が戦争につながる、という構造が共通している。(1)

## ◆繰り返される「大地の重荷」のモチーフ

「大地の重荷」のモチーフは、第1巻の冒頭に語られるだけでなく、その後も何度か言及される。第3巻、ヤマ神の台詞「汝（アルジュナ）はヴィシュヌ（クリシュナ）とともに大地の重荷を軽減させるべきである」。［3・42・22］

第3巻、インドラ神の台詞「（クリシュナとアルジュナは）私の命令により地上に生まれた。彼らは大地の重荷を取り除くであろう」。［3・45・21］

## ◆「化身」とは

「化身」というと、「アヴァターラ」というサンスクリット語が有名である。インターネットで使われる「アバター」の語源である。しかし『マハーバーラタ』では、「化身」を指すのに、「アヴァターラ」は実はあまり使われず、「分身」を意味する「アムシャ」、あるいは「息子」を意味する「プトラ」が用いられる。神の息子として生まれた英雄は、その神の「プトラ」であり「アムシャ」である、「息子であり分身である」、ということになる。

左の一覧表は、「化身」の対応表となっているが、神・悪魔・聖仙などが「本体」で、それに対応する人間たちが「アムシャ」や「プトラ」である、ということを示している。

**神々・悪魔と人間の「化身対応表」**

『マハーバーラタ』では、登場人物はほとんどすべて、神々か悪魔か聖仙の「化身」とされる。『マハーバーラタ』［1・61］にはその長いリストも記されている。ここでは、その中からとくに重要な人物に関して、対応表を作成した。

| 人 | 神・悪魔・聖仙 |
|---|---|
| ユディシュティラ（パーンダヴァ五兄弟の長男。「聖王」） | ダルマ（法の神） |
| ビーマセーナ（パーンダヴァ五兄弟の次男。野性的戦士） | ヴァーユ（風の神） |
| アルジュナ（パーンダヴァ五兄弟の三男。文明的戦士） | インドラ（神々の王、戦神） |
| ナクラとサハデーヴァ（パーンダヴァ五兄弟の末の双子。美しい） | アシュヴィン双神（若く美しい双子神） |
| ドラウパディー（パーンダヴァ五兄弟の共通の妻） | シュリー（美と愛と豊穣の女神） |
| クンティー（パーンダヴァ五兄弟の上の三人の母） | シッディ |
| マードリー（パーンダヴァ五兄弟の双子の母） | ドリティ |
| ガーンダーリー（カウラヴァ百兄弟の母） | マティ |
| パーンドゥ（パーンダヴァ五兄弟の名目上の父） | （記述なし） |
| ドリタラーシュトラ（カウラヴァ百兄弟の父） | （記述なし） |
| ヴィドゥラ（ドリタラーシュトラ、パーンドゥの弟） | アトリ仙（他所ではダルマの化身とされる［1・100・28］） |
| カルナ（クンティーの最初の子） | 太陽神 |
| ドゥルヨーダナ（カウラヴァ百兄弟の長男） | カリ（悪魔。最悪の賽の目。最悪の時代の名） |

| | |
|---|---|
| ドゥフシャーサナ、以下百兄弟 | パウラスティ（悪魔の一族） |
| ドローナ（クル族の武術の師） | ブリハスパティ（神々の師） |
| ビーシュマ（クル族の指導者） | ヴァス神群の一部 |
| クリパ（クル族の兵法の師） | ルドラの一族 |
| ドルパダ（ドラウパディーの父） | マルト神群 |
| シャクニ（骰子賭博でユディシュティラを負かした） | ドゥヴァーパラ（悪魔。二番目に悪い賽の目と時代） |
| シャリヤ（マードリーの兄。カルナの御者） | サンフラーダ（魔王プラフラーダの弟） |
| アシュヴァッターマン（大戦争でパーンダヴァ陣営を焼き討ち） | シヴァ、ヤマ、カーマ、クローダ（怒り） |
| サーティヤキ（クリシュナの親友） | マルト神群 |
| ヴィラータ（パーンダヴァが変装して潜り込んだ国の王） | マルト神群 |
| アビマニユ（アルジュナの息子。戦争で若死にした） | スヴァルチャス（月神ソーマの息子） |
| ドリシュタデュムナ（ドラウパディーの兄） | アグニ（火の神） |
| シカンディン（アンバーの生まれ変わり） | ラークシャサ（羅刹） |
| ドラウパディーの息子たち（それぞれの夫に一人ずつ、五人） | ヴィシュヴェーデーヴァ「一切神群」 |
| クリシュナ（ヴィシュヌ神の化身、アルジュナの御者） | ナーラーヤナ |
| バララーマ（クリシュナの兄） | シェーシャ（竜王） |

# ◉主筋2　蛇供犠

これは、パーンダヴァの子孫の物語である。

アルジュナのひ孫にあたるジャナメージャヤ王は、父が蛇にかまれて命を落としたことから、蛇の一族を恨み、蛇族を絶滅させるための蛇供犠を行った。祭火が焚かれ、その火の中に多くの蛇たちが送り込まれ、蛇の大殺戮が行われた。この殺戮をくい止めることになるのがアースティーカである。その誕生は次のように語られている。

大苦行者ジャラトカールは地上を遍歴するうちに、ある洞窟の中で顔を下にしてぶら下がっている祖霊たちを見た。彼らはジャラトカール自身の祖霊で、彼が苦行に専心して子孫を作らないため、家系断絶の危機にさらされて地獄に落ちる寸前でそのような姿になっているのであった。ジャラトカールは結婚して子孫を作ることを誓ったが、細かい条件をつけた。「私と同じ名で、その女性が自ら進んで、施物として与えられ、彼女を扶養しなくてもよいなら」。

苦行者ジャラトカールは再び地上を歩き回ったが、彼は老人であったので、妻を得ることはできなかった。そこに竜王ヴァースキが着飾った妹を連れて現れ、その妹を苦行者に与えようとした。

ジャラトカールがすぐに受け取ろうとしないでいると、ヴァースキは言った。「この私の妹は、あなたと同じ名のジャラトカールである。あなたの妻となっても、私が彼女を扶養しよう」。

こうして二人のジャラトカールは結婚した。しかし妻は気難しい夫の機嫌を些細なことで損ねてしまい、苦行者ジャラトカールは間もなく妻のもとを去った。二人の間にはアースティーカという優れた息子が生まれた。

このアースティーカが、ジャナメージャヤ王の行った蛇族を全滅させる蛇供犠を止めさせ、母の一族を救った。〔1・13～53〕

### ◇「増えすぎた生類」のモチーフ

蛇供犠は、増えすぎた蛇族の数を減らすためにブラフマー神によって計画されたとされている。主筋1で取り上げた「大地の女神」の話では、増えすぎた生類を減らすためにブラフマーによってクルクシェートラの大戦争が計画された。この二つの話は、同じモチーフを共有しているのだ。古代インドの人々が、人間や動物の過剰な増加を恐れていたことが伝わってくる。

### ◇同じ名前の夫婦

ジャラトカール（父）とジャラトカール（母）の同じ名の男女の結婚は、神話的には近親相姦を暗示している可能性がある。もちろん両ジャラトカールの生まれは全く異なるのであるが、例えば日本のイザナキとイザナミの原初の夫婦は、『日本書紀』によればどちらもアヲカシキネの子で兄妹である。

また、沖縄の宮古島の創世神話にはコイツヌとコイタマという夫婦が出てきて、やはりそうとは書かれていないものの、近親相姦が暗示されている。(2)

◆羅刹を焼く祭式

蛇供犠で蛇が焼かれて全滅しかかったように、羅刹も供犠において全滅しかかったことがある。パラーシャラ仙は、父シャクティが羅刹に食べられた恨みから、羅刹を滅ぼす祭式を行い、羅刹たちを焼き続けたが、聖仙たちに頼まれて中止した。[1・172]

◉主筋3

## ガンガー女神の結婚

ここから、いよいよ『マハーバーラタ』は主要登場人物の誕生について語り始める。

ある時八人のヴァス神たちはヴァシシュタ仙の怒りを買い、地上に生まれ変わらねばならないという呪いを受けた。ヴァスたちはガンガー女神（ガンジス川の女神）に、地上に降りて自分たちの

**ガンガー女神、シャンタヌ王に息子ビーシュマを引き渡す**

母となってくれるよう頼んだ。ガンガーがこれを承諾すると、さらにヴァスたちは、少しでも早く天界に戻れるよう、生まれたらすぐに自分たちを河に投じて殺してくれるよう、頼んだ。しかしガンガーは、彼女の地上における夫となることがすでに決められていたシャンタヌ王に、一人の子も残らないことを哀れんだ。そこでヴァスたちは、彼ら八人の一部ずつによって一人の子を作り、その子だけは殺さずに地上に残すことに決めた。

　地上に降りたガンガーはシャンタヌの妻となり八人の子を産んだが、生まれるとすぐに子どもたちを河へ投じて天界へ帰してやった。しかし事情を知らないシャンタヌはガンガーのこの恐ろしい行いに耐えられなくなり、かつてガンガーに、彼女がどのような行いをしても決して口をはさまず、不愉快な言葉を吐かないと誓ったにもかかわらず、八人目の子が生まれた時、彼女を罵った。するとガンガーは正体を明かし、全ての事情を語ったうえで、神々の世界へ帰っていった。

八人目の子がビーシュマで、クル族のよき指導者としてのちに活躍することになる。〔1・91〜92〕

## ◇ビーシュマとアキレウスの出生

このガンガーの話と似た神話がギリシャにある。「アイギミオス」の断片には、英雄アキレウスの出生に関する次のような神話が記されている。

人間ペレウスと海の女神テティスとの間に生まれた七番目の子が英雄アキレウスであったが、彼の六人の兄たちは生後まもなくテティスによって、水に投げ入れられて殺されていた。テティスは生まれた子が神性を備えているかどうかを見極めるためにこのようなことを行なったのだという。アキレウスが生まれた時、ペレウスはテティスのこの所業に耐えられなくなり、息子が水に投げられるのを阻止した。するとテティスは怒って海に帰っていった。

これら二つの地域の神話には、水界の女神が人間と結婚し、生まれてくる子を次々に水中に投じて溺死させ、それを夫に咎められると怒って神界に帰り、最後の子だけが成長し英雄となるという、特徴的な話素が共通して含まれている。どちらの英雄も、戦争の只中で命を落とすという点も共通している。このようなギリシャとインドの神話の類似は決して偶然ではなく、インド＝ヨーロッパ語族がもともと持っていた一連の戦争伝承が、インドとギリシャでそれぞれ語り継がれてきたものと考えられる。(3)

## 主筋4　王母サティヤヴァティー

ガンガー女神と別れたのち、シャンタヌ王は美しい漁師の娘サティヤヴァティーを一目見て恋に落ち、彼女の両親に結婚を申し入れた。漁師が出した条件は、「娘の産んだ息子を次の王とすること」であった。シャンタヌにはすでに、ガンガーとの間に生まれた皇太子がいた。彼は非常に悩んだ。父の悩みを知った皇太子デーヴァヴラタは、自ら皇太子を降り、さらに自分に息子ができることのないよう、生涯未婚の誓いを立てた。これにより彼は「恐るべき誓いをなした者」として、ビーシュマと呼ばれるようになった。［1・94］

サティヤヴァティーはシャンタヌとの間にチトラーンガダとヴィチトラヴィーリヤという二人の息子をもうけた。兄のチトラーンガダが王位に就いたが、ガンダルヴァとの戦いで命を落とした。若くして次の王位に就いたヴィチトラヴィーリヤのために、ビーシュマはカーシ国の三人の王女のスヴァヤンヴァラ（婿選び式）に出向き、法に従って王女たちを強奪して連れ帰った。しかしその長女アンバーは、シャールヴァ王を夫にと心に決めていたので、ビーシュマに許されてシャールヴァ王のもとへ行ったが、「一度他の男のもとに行った女を妻になどできない」と言われ、行き場をなくし、ビーシュマを恨みつつ自殺した。彼女はシカンディンとして生まれ変わり、大戦争で復讐を果たすことになる。

ヴィチトラヴィーリヤ王は、子を作らないまま若死にした。このため王位を継承する息子がおらず、クル国は王国存続の危機に立たされた。サティヤヴァティーはビーシュマに相談し、自らの過去を語り始めた。それによると、彼女は結婚前、聖仙パラーシャラに見初められ、魚臭い体臭を取り除いてもらうことを条件に、交わりを持った。その結果生まれたのがヴィヤーサ仙である。そこで、このヴィヤーサ仙を呼んで、ヴィチトラヴィーリヤの二人の未亡人、アンビカーとアンバーリカーとの間に子を成すことを提案した。ビーシュマが承諾し、サティヤヴァティーが想起するやたちまちヴィヤーサは姿を現し、母の望みを叶えるため、二人の未亡人と交わりを持ち、盲目のドリタラーシュトラと、青白い肌のパーンドゥを産ませ、アンビカーの代理の召使女との間に徳高い三男のヴィドゥラをもうけた。［1・95～100］

**パラーシャラ仙、サティヤヴァティーに恋をする**

　三人の息子はビーシュマが養育した。成

長すると、ドリタラーシュトラは盲目のため王位を継承せず、ヴィドゥラも混血のため王位を継承しなかったので、パーンドゥが王となった。［1・102］
パーンドゥを名目上の父として生まれたのが『マハーバーラタ』の主役の五兄弟である。

### ◆ヴィヤーサ、『マハーバーラタ』の作者にして登場人物

『マハーバーラタ』の要所要所に現れて、物語を進行させていくヴィヤーサ仙。彼は、創造神ブラフマーとの類似が指摘されている。ヴィヤーサは、パーンダヴァ五兄弟とカウラヴァ百兄弟の共通の「祖父」であるが、ブラフマーもまた、常に対立する神々とアスラ（悪魔）たちの共通の「祖父」である。また、ブラフマーは四つのヴェーダ聖典の創造者であるが、ヴィヤーサは「第五のヴェーダ」と呼ばれる『マハーバーラタ』を創造した。

「祖父」であり、「ヴェーダの創造者」であるヴィヤーサとブラフマー。ヴィヤーサは神々の世界におけるブラフマーの役割を地上において忠実に受け継いでいるといえる。(4)

## ◉主筋5　パーンドゥ王の二人の妃と息子たち

ある時パーンドゥ王は、森で狩をしている時に雌雄の鹿が交尾をしているのを見た。彼は高速の

五本の矢でその雌雄の鹿を射た。しかしその雄鹿は、ある聖仙の変身したものだった。彼はパーンドゥを呪って、女性と交わった瞬間に死が訪れるという呪いを彼にかけた。パーンドゥ王にはクンティー、マードリーという二人の妃がいたが、まだ子どもはいなかった。この呪いのために彼は、自らの種によって子孫を残すことが永遠に不可能な身体になってしまった。しかし彼はどうしても王子を得たいと願っていた。

**パーンドゥ、マードリーに欲情を抱く**

一方王妃クンティーは、望んだ時に好きな神を呼び出して、その神の子を宿すことができるという祝福を授かっていた。そこでクンティーはパーンドゥの要請に従って、呪文を用いてダルマ神を呼び出し、この神との間に子をなした。これがユディシュティラである。同様に風神ヴァーユによってビーマを授かった。次に神々の王インドラを呼び出し、最大の英雄アルジュナを得た。

クンティーに素晴らしい三人の息子ができたのを羨んだもう一人の妃マードリーは、自分にも息子が欲しいと望んだ。クンティーは彼女のために、一度だけ神を呼び出すことを承知した。マードリーは一度の機会で最良の結果を得ようと考え、クンティーの呪文によって常に行動を共にする双子の神アシュヴィンを呼び出し、双子の息子ナクラとサハデーヴァを儲けた。このようにして、パーンドゥには五人の王子ができた。

ある時パーンドゥは、森で愛欲に迷ってマードリーと交わり、かつての呪いが成就して命を落とした。マードリーはパーンドゥを追って火葬の薪に登った。クンティーは、残されたマードリーの双子を自分の子どもたちと分け隔てなく育てた。［1・109〜115］

## ◇パーンダヴァ五兄弟と「三機能体系」

パーンダヴァ五兄弟は、それぞれ異なる特性を持っており、それらは比較神話学者のデュメジルの提唱した、インド＝ヨーロッパ語族の「三機能体系説」によって説明することができる。(5)

「聖王」ユディシュティラは聖性を司る第一機能の役割を担う。ビーマとアルジュナは戦士であるが、ビーマが荒々しい肉体の力を特徴とする野性的戦士であるのに対し、アルジュナは弓術を得意とする文明的な戦士である。どちらも「戦における力」、第二機能の領域を体現する。双子のナクラとサハデーヴァは美しさを特徴とする第三機能を担う。

| | |
|---|---|
| ユディシュティラ | 「聖王」、第一機能 |
| ビーマセーナ | 「野性的戦士」、第二機能 |
| アルジュナ | 「文明的戦士」、第二機能 |
| ナクラ | 「美しく強い」、第三機能 |
| サハデーヴァ | 「美しく賢い」、第三機能 |

### ◇ヴィチトラヴィーリヤとパーンドゥ、子をなさなかった二代の王

ヴィチトラヴィーリヤは子を作らないまま若死にした。そこで二人の未亡人をヴィヤーサ仙が妊娠させた。こうして生まれたのがパーンドゥである。

そのパーンドゥもまた、呪いにより子をなせない身体であったので、妃クンティーが神を呼び出して子をなした。

同一のモチーフが、クル王国の二代の王の間で繰り返されている。

## ◉主筋6……カルナの誕生

クンティーがまだ結婚前の少女であった時、客としてやって来たドゥルヴァーサスという大変気難しい聖仙を丁重にもてなし、彼を喜ばせたので、この聖仙から、望んだ時に好きな神を呼び出して、その神の子を得ることができるという恩寵を授かった。するとクンティーは好奇心にかられて太陽神を呼び出した。太陽神はとまどう彼女に子を授けた。その子は生まれながらにして鎧と耳輪を付けていた。彼の名をカルナという。しかし結婚前の娘であったので、クンティーは自分の不行跡を隠すためにその子を河に流した。ラーダーの夫スータ（御者）のアディタラがその子を河から拾い、妻と共に育てた。［1・104］

### ◇「水界に流される英雄」のモチーフ……

カルナのように、生まれてすぐに川や海など水界に流される赤子の英雄の話は世界各地に認められる。たとえばバビロニアでは、父なくして生まれた、後のアッカドの大王サルゴンが、巫女である母によって葦の籠に入れられ、ユーフラテス河に流された。この伝承は、楔形文字による自叙伝（サルゴン伝説）に次のように記されている。

私はアガデの君主、大王サルゴンである。私の母は身分の低い人だった。父のことは知らなかった。父の兄弟は山の住人である。そして私の都アズピラヌスはユーフラテスの岸辺にある。身分の低い私の母は妊娠し、ひそかに私を産んだ。私を灯心草で作った籠に入れ、ピッチで封印して深い川に投げ入れた。だが川は私を呑み込まず、支えてくれた。川は私を灌漑者アッキのところへ運んだ。アッキは私を川から拾い上げ、自分の子として育て、私を庭師に仕立てた。庭師として働いているときに、女神イシュタルが私を愛した。私は王国を支配した。(6)

ギリシャでは、自分の娘の子どもによって殺されるという神託を受けたアクリシオス王が、娘ダナエを幽閉するが、ダナエはゼウスの種を受けてペルセウスを生んだ。王はペルセウスとダナエを木の箱に封じ込め、海に投げ入れた。

朝鮮の史書『三国史記』（一一四五年）では、大卵の形で生まれた脱解王は不祥の子とみなされて箱に入れられて海に流された。

日本では、大隅八幡宮縁起に、大比留女が七歳にして日神の子を生んだので、怖れをなした父親が母子ともども「うつぼ船」に乗せて海に放ったところ、九州南端の大隅国の海岸に漂着した、という話がある。

「英雄」ではないものの、カルナと関連が深いと思われる神話に、日本のヒルコ誕生の話がある。原初の夫婦イザナキとイザナミは柱の周りを廻って、出会ったところで結婚することにした。イザナキは左から、イザナミは右から廻り、出会ったところで、まず女神のイザナミが「あなたはなんて素敵な男性なんでしょう」と言い、次にイザナキが「あなたはなんて素敵な乙女なんだろう」と言った。この時イザナミが先に発言したのは良くないことだった。そのために、最初に生まれた子はできそこないのヒルコだった。この子は葦の船に乗せられて流された。

このヒルコは、名称が日ル子＝「太陽の子」を意味しており、アマテラス以前の太陽神であったとされているのだ。そうすると、「流される太陽の子」という点で、カルナとよく似ていることになる。

## 主筋7……ガーンダーリーの息子たち

ガーンダーリーはかつて、飢えと疲れで憔悴してやって来たヴィヤーサ仙を丁重にもてなしたために、彼から望みを叶えてもらえることになり、百人の息子を望んだ。やがて彼女はドリタラーシュトラと結婚し、懐妊したが、二年経っても子は生まれなかった。そのうち、夫の弟の妻クンティーに素晴らしい長男が生まれたことを聞き、悩んだ挙句に彼女は自分の腹を強く打った。すると一つの肉の塊が生まれた。彼女がそれを捨てようとすると、ヴィヤーサがやってきて、その肉塊に冷水を注いで百個に分け、それぞれをギー（精製したバター）に満ちた瓶の中に入れ、注意深く見守った。そしてしかるべき時が過ぎたらこれらの瓶を割るようにとガーンダーリーに言ってから、ヴィヤーサは去った。時が満ちて、長子のドゥルヨーダナをはじめとする百人の息子（カウラヴァと総称される）が誕生した。［1・107］

◇「肉塊を産む」モチーフ

中国などに伝わる「兄妹始祖型洪水神話」において、洪水を生き残った兄妹が結婚し子供を産むが、最初に産んだのは肉塊で、これを切り分けると、子供たちが誕生した、という話がある（苗族）。ガーンダーリーが肉塊を産む話とよく似ている。(7)

## ◉主筋8　クリパとドローナの誕生

クル王国の兵法の師クリパと、武術の師ドローナについて、その出生の神話がたいへんよく似ている。どちらも、単性生殖の神話なのだ。まず、クリパの誕生はこのように語られている。

シャラドヴァットという弓の術にすぐれた聖仙が激しい苦行を行い、神々を苦しめた。インドラは苦行を止めさせるために、アプサラスを派遣した。シャラドヴァットは天女の美しい姿を見ても平静を保っていたが、知らぬうちに精液が流れ出た。それは葦の茎に落ちて二つに分かれ、双子の子どもが生まれた。この双子をシャンタヌ王（ガンガーの夫）が見つけて養育し、「憐憫（クリパー）から養育したから」ということで、男の子をクリパと、女の子をクリピーと名付けた。［1・120］

次に、ドローナの誕生はこのように語られている。

聖仙ヴァラドゥヴァージャは水浴を終えた天女グリターチーを見た。その時風が立ち、天女の衣を運び去った。するとヴァラドゥヴァージャの精液が流れ出たので、彼はそれを祭式に用いる枡の中に入れた。その容器の中で、ドローナが生まれた。［1・121］

ドローナはクリパの妹クリピーと結婚し、アシュヴァッターマンをもうけた。

その後、ドローナはパラシュラーマ仙のもとであらゆる武術を習得した。ドローナは武術を習得すると、親友であったドルパダ王のもとへ行った。しかしドルパダは「貧しい者など友人ではない」と言って冷たくあしらった。ドローナは復讐を心に秘め、クル族の王家に入って武術の師としてパーンダヴァとカウラヴァ、その他多くの弟子を育てた。その中にはパーンダヴァの異父兄であるカルナもいた。［1・122］

弟子たちが成長すると、ドローナはドルパダ王への復讐を求めた。パーンダヴァはパーンチャーラに攻め入り、ドルパダ王を捕らえてドローナに面会させた。ドローナはかつて「友情」を裏切られた件を持ち出し、対等の立場になるためパーンチャーラ国を二分し、それぞれの王となった。ドルパダの恨みは深かった。［1・128］

ドルパダはドローナへの復讐を誓い、バラモンに祭式を行わせ、祭壇の火の中から息子ドリシュタデュムナと、娘ドラウパディー（クリシュナー）を誕生させた。［1・155］

◇単性生殖の神話の意味

男性からのみ生まれた彼らは、一見、その誕生に女性原理が必要とされていないように見える。しかし、精液が流れ落ちた「葦の茎」や、精液を受け止めた「枡」を、女性的なものとして捉えることも可能である。特に枡のような「容器」は、神話では一般に女性性を表すものである。

## ◉主筋9 御前試合

ドローナに弟子入りして武術を学んだパーンダヴァとカウラヴァは、ドリタラーシュトラ王と顧問たちの前で武術を披露することになった。多くの高貴な人々が集う中、まずビーマとドゥルヨーダナが棍棒戦をはじめた。しかしあまりに激しい戦いであったため、ドローナによって中止にされた。

次にアルジュナが弓の術を披露した。その様子は、以下のように語られている。

「アーグネーヤ（「火神の」という意）によって火を作り出し、

ヴァールナ（「水神の」）によって水を作り出し、

ヴァーヤヴヤ（「風神の」）によって風を作り出し、

**御前試合に出場するアルジュナ**

パールジャニヤ（「雨神の」）によって雲を作り出した。
バウマ（「大地の」）によって大地に入り、
パールヴァタ（「山の」）によって山を作り出し、
アンタルダーナ（「消失させる」）によってそれらは再び消滅した」。［1・125・19〜20］

そこにカルナが登場し、アルジュナとの一騎打ちを求めた。しかしクリパが彼の素性を問うと、うつむいて恥じた。そこにドゥルヨーダナが現れ、カルナをアンガ国王に任じ、二人は「永遠の友情」を結んだ。その場にカルナの養父アディラタがみすぼらしい姿で現れ、王となった息子を抱きしめた。ビーマはカルナを「あれは御者の息子だ」と言ってからかった。そのとき日が沈み、ドゥルヨーダ

ナはカルナとともに退出した。［1・124～126］

### ◇ビーマの棍棒戦とアルジュナの弓術

ビーマとアルジュナはどちらも優れた戦士であるが、その特徴は正反対である。ビーマは肉体的な力を象徴する。したがって棍棒戦が得意である。アルジュナは、弓術に優れているのであるが、弓術は『マハーバーラタ』においてほとんど魔術と見分けがつかないような位置づけにある。肉体的な力のビーマ、魔術的な力のアルジュナ、という対比である

### ◇アルジュナの武器の名前の作り方

サンスクリット語の母音の変化の法則に則って武器の名が作られている。

アグニ　↓　アーグネーヤ（火神の）
ヴァルナ　↓　ヴァールナ（水神の）
ヴァーユ　↓　ヴァーヤヴヤ（風神の）
ブーミ　↓　バウマ（大地の）
パルヴァタ　↓　パールヴァタ（山の）

## ◉主筋10 燃えやすい家の罠

ドゥルヨーダナはユディシュティラに王位継承権を奪われることを恐れ、父ドリタラーシュトラ王を巧みに説得し、パーンダヴァ五兄弟を母クンティーとともにヴァーラナーヴァタの都に追放させた。その上でドゥルヨーダナは腹心のプローチャナを呼び、巧妙に「燃えやすい素材で作った家」を建て、そこにパーンダヴァを住まわせ、時機を見て火を放つよう命じた。

パーンダヴァはヴァーラナーヴァタの都に入り、市民から熱烈な歓迎を受けた。彼らがそこに滞在して十日が経つと、プローチャナは彼らに「吉祥」と呼ばれる家を提供した。しかしユディシュティラはたちまちのうちにその家が燃えやすい素材で作られていることを見抜いた。彼がそのことを兄弟たちに話すと、次兄のビーマは前の宿舎に戻ろうと言ったが、ユディシュティラは相手を油断させるため、あえてその燃えやすい家に留まることを提案した。

ちょうどその時、ヴィドゥラの友人である穴掘り師がやって来て、燃えやすい家の地下に避難用の穴を掘り始めた。

そして一年後、ユディシュティラはプローチャナがすっかり油断しているのを見て取ると、自分たち五人と母クンティーの身代わりとしてニシャーダ族の女とその五人の息子を燃えやすい家の中に残し、プローチャナの寝ている場所へ火をつけた。プローチャナとニシャーダ族の家族はその家の中で焼死した。ヴァーラナーヴァタの市民たちは、パーンダヴァが死んだと思って悲しんだ。しかしパーンダヴァとクンティーは、穴掘り師の掘った穴から逃れ、森の中に避難していた。

### ◇ユディシュティラのイニシエーション1

この燃えやすい家の話は、ユディシュティラのイニシエーション、通過儀礼としてとらえることができる。その家が燃えやすい素材で作られていることに真っ先に気づき、そこに住んで安心したふりをしながら、家の地下に穴を掘らせることで、最後にはドゥルヨーダナとプローチャナを欺き、無事に火難から脱出することに成功した。ユディシュティラは彼の最大の武器である「知恵」を用いることで、この試練を乗り越えている。

またユディシュティラたちが籠もった「穴」は、母胎を象徴していると考えられる。このイニシエーションの主人公であるユディシュティラは、そこに籠もることで母胎に戻り、そしてまた再生したのだ。死と再生の儀礼を表していると言える。

## ◎挿話1……ウッタンカとタクシャカ竜王

これは、蛇供犠を行ったジャナメージャヤ王の時代の話である。

ウッタンカ、地底界でヴァースキ竜王から耳環を取り戻す

修行僧ウッタンカは、師の妻に命じられて、パウシャ王の妃の耳輪をもらい受けるために出かけた。その途中で彼は、異様に大きい雄牛と、それに乗っている異様に大きい男に会った。その男が言った。「ウッタンカよ、この牛の糞を食べなさい」。ウッタンカはその牛の糞を食べ、尿も飲んだ。パウシャ王のもとに着くと、ウッタンカは王に近づき、祝福の言葉とともに挨拶をしてから、王妃のもとへ行った。王妃は快く耳輪を彼に与えた上で、「この耳環をタクシャカ竜王が欲しがっています」と注意を促した。

帰り道でウッタンカはタクシャカ竜王が変身した修行僧に耳輪を奪われた。男は竜王の姿に戻り、地面の穴から地下の竜の世界に逃げた。ウッタンカもあとを追った。地下の世界で彼は、機に座って布を織っている二人の女を見た。その機には黒と白の糸がかかっていた。そして六人の童子によって回されている輪を見た。それから、美しい男を見た。男は言った。「この馬の尻に息を吹き込みなさい」。その通りにすると、馬の体中の穴から火神アグニの煙と火炎が生じた。うろたえたタクシャカ竜王は耳環をつかんで急いで自分の住処から出て来て、ウッタンカに返した。

ところが、師の妻が耳輪を使う祭礼はもうその日だった。ウッタンカが悩んでいると、男が「この馬に乗りなさい」と言った。彼はその馬に乗り、一瞬で師の家に帰った。

師の妻は沐浴をして、髪をくしけずりながら座ってウッタンカを待ちながら、呪いをかけてやろうかと考えていた。そこにウッタンカが入ってきて耳環を渡した。ウッタンカは師にも挨拶をした。すると師はウッタンカに尋ねた。「ウッタンカよ、長い間、何をしていたのかね」。ウッタンカは道中にあったことを全て話し、その意味を問うた。師は答えた。「地下の世界で見た二人の女はダートリ（創造神）とヴィダートリ（運命神）である。黒と白の糸は夜と昼である。十二の輻を持つ輪を回している六人の童子は六つの季節で、輪は一年である。その美しい男は雨神パルジャニヤである。馬は火神アグニである。道の途中でおまえが見た雄牛は象の王アイラーヴァタである。それに乗っていたのはインドラ神である。おまえの食べた雄牛の糞はアムリタである。まさにそのおかげで、竜の世界においても無傷であったのだ。そしてインドラは私の友人である。彼の恩恵によって、おまえは耳環を得て再び帰ってくることができたのだ。さあ行きなさい。幸あれ」。［1・3・100～176］

### ◇機織りの女神

ウッタンカは地下の世界で機を織る二人の女神を見た。機織りや糸紡ぎといった手仕事は女性の管轄であり、従って女神の領域であり、それらは「運命」と関わる。ギリシャの運命の女神モイライは三人一組の老婆で糸紡ぎを行う。ラケシスは運命の糸を割り当て、クロトは人間の運命の糸を紡ぎ、アトロポスは運命の糸を断ち切る。北欧ゲルマンのノルンたちも三人一組の運命の女神で、やはり糸を紡ぐ。ウルズ、ヴェルザンディ、スクルドと呼ばれている。他に、ギリシャのキルケやヘレネも運命の機織りや糸紡ぎと関連を持つ女神・女性である。(8)

## ◎挿話2　カドルーとヴィナター、蛇の母と鳥の母

吟誦詩人ローマハルシャナの息子ウグラシュラヴァスが、ナイミシャの森で族長シャウナカに「アースティーカ」の物語を語った。

造物主プラジャーパティにカドルーとヴィナターという二人の美しい娘がいた。この二人は共に聖仙カシュヤパの妻になった。カシュヤパはこの妻たちにとても満足したので、彼女たちの願いを叶えてやることにした。カドルーは千匹の蛇の息子を望んだ。ヴィナターは、カドルーの息子より

も優れた二人の息子を望んだ。しかしカシュヤパはヴィナターに、「一人半」の息子が授かるだろうと言った。そして彼は二人の妻に、それぞれの卵が生まれたら、それらに注意を払うようにと告げてから、森に去った。

やがてカドルーは千個の卵を、ヴィナターは二個の卵を産んだ。召使たちはこの両者の卵を、温かく湿った容器の中に五百年間置いた。五百年後に、カドルーの千個の卵は孵化して、蛇たちが産まれた。しかしヴィナターの卵はまだ孵化しなかった。哀れな彼女は恥ずかしく思い、一つの卵を割って中を見た。子どもは、上半身は備えていたが下半身はまだなかった。アルナという名のこの子は母を恨み、五百年の間ライヴァルの奴隷となるという呪いを母にかけた。さらに、もう一つの卵が孵るのを冷静に待たなければならないこと、もしその子が偉大な力を持つことを望むなら、さらに五百年を待たなければならないことをヴィナターに告げた。それから彼は空に行って、暁となった。〔1・14〕

ある時ヴィナターとカドルーは、神馬ウッチャイヒシュラヴァスの尾の色について賭けをして、負けた方が勝った方の奴隷となることを決めた。ヴィナターが負けてカドルーの奴隷となった。ちょうどその時、時が満ちて、ヴィナターの産んだ卵から、鳥王ガルダが自らの力によって誕生した。火のように輝く太陽に似たガルダは、全ての生類を恐れさせた。ガルダは母のもとへ行き、共にカドルーに仕えた。しかしある時ガルダは母が奴隷となったいきさつを知り、それを悲しんで、どうすれば奴隷の状態から解放されるのか、蛇たちに尋ねた。蛇たちは不死の飲料アムリタを求めた。

ガルダは天界に行ってアムリタを盗み、インドラと共謀してアムリタを蛇たちに与えるふりをして彼らを欺き、母と自分を奴隷の状態から解放させた。その後ガルダはインドラの恩寵によって、蛇たちを食糧とする者となった。［1・18〜30］

「多数の子」を産んだカドルーと、「少数の優れた子」を産んだヴィナターの関係は、主筋における百王子の母ガーンダーリーと、五兄弟の母クンティー（とマードリー）の関係に似ている。このテーマは3章挿話2で、もう一度現われる。

## ◎挿話3……乳海攪拌《かくはん》神話

カドルーとヴィナターが賭けの対象にした神馬ウッチャイヒシュラヴァスはどのように誕生したのか。それを語るのが以下の神話である。

ある時神々は不死の飲料アムリタを得たいと願った。彼らが集まって相談をしていると、ヴィシュヌ・ナーラーヤナがそこに現れ、「アスラたちと協力して海を攪拌し、そこからアムリタを得なさい」

と助言した。神々はヴィシュヌの言葉に従って、大海を攪拌するための準備に取り掛かった。彼らはまず攪拌のための支柱となるマンダラ山を引き抜きに行った。

最高の山であるマンダラ山は、雲の峰のような山の峰によって飾られ、つる草の藪に覆われている。様々な鳥たちが鳴き、多くの牙のある動物に満ち、半神族のキンナラ、アプサラス、神々が住んでいる。一万一千ヨージャナの高さに聳え、大地の下にもそれと同じだけ潜っている。神々はそれを引き抜くことができず、ヴィシュヌとブラフマーのもとへ行って、頼んだ。「あなた方二人は、どうか良い知恵を出して下さい。我々の幸福のために、マンダラ山を持ち上げるために努力をして下さい」。ヴィシュヌとブラフマーは共に「そうしよう」と言った。ブラフマーは竜王アナンタを促して立ち上がらせた。ヴィシュヌはこの強力な蛇に仕事を命じた。アナンタはマンダラ山を、そこに住む生き物たちもろとも力ずくで引き抜いた。神々はその山を海へ運び、海に言った。「我々はアムリタのために水を攪拌しようと思う」。すると海は「私にも分け前をください。そうすれば、マンダラ山をかき混ぜる大きな衝撃に耐えましょう」と答えた。次に神々とアスラは亀の王アクーパーラに言った。「あなたがこの山の支点となって下さい」。亀は「そのようにしよう」と言って、背中を差し出した。インドラは道具（ヤントラ）によってその山の頂上を削った。

マンダラ山を攪拌棒とし、ヴァースキ竜王を引き綱として、神々とアスラたちはアムリタを得ることを望んで、こぞって水の宝庫である海をかき混ぜ始めた。大アスラたちは蛇王の一方の端につかまった。神々は皆一緒に、蛇の尾のある方に立った。アナンタ竜王は神聖なナーラーヤナがいる所にいて、その蛇頭を何度も持ち上げては、投げつけた。蛇のヴァースキが神々によって強く引かれると、煙と炎を伴う風が、何度もその口から出た。その煙の塊は、雷光を伴う雲の群となった。それらは疲労と熱でやつれた神々の上に雨を降らせた。マンダラ山の頂上から花の雨が降って、あらゆる方向から神々とアスラに花を降り注いだ。神々とアスラがマンダラ山で海を攪拌していると、大きな雷鳴のような大音響が生じた。様々な種類の水の生き物たちは、大山に押しつぶされて、海の中で幾百となく死に赴いた。水中や海底に住む生物たちに、山は破壊をもたらした。この山が回されている時、大きな木々は鳥と共に、互いに擦れ合って山の頂から落ちた。それらの摩擦から生じた火は、炎をあげて何度も燃えながら、雷光を有する黒い雲のようなマンダラ山を覆い、逃げ出した象や獅子たちを燃やした。そして様々な生物たちは皆死んだ。

神々の王インドラは、そこここで燃えている火を、雲より生じた水によって、あらゆる方向から鎮めた。すると様々な種類の大木の樹液や、多くの薬草のエキスが海の水に流れ出した。不死の力を有するこれらの液体の乳液から、そして溶け出した金から、神々は不死に至った。海の水は乳となった。最高の液体と混ざったバターが乳から生じた。

神々は、座っている恵み深いブラフマー神に言った。「我々も、アスラや蛇たちも、とても疲労している。ヴィシュヌなしでは、アムリタは生じない。この海の攪拌はもう長い間行われている」。ブラフマーはヴィシュヌに、「彼らに力を与えてください、あなたは最後の頼みです」と言った。ヴィシュヌは答えた。「この仕事に従事する全ての者に私は力を与えよう。皆で海を攪拌しなさい。マンダラ山を回しなさい」。ヴィシュヌの言葉を聞いて力に満たされた彼らは、大海の乳をさらに強く攪拌した。

すると海から太陽が生じた。次に、冷たい光線を有する清涼な月が生じた。その後すぐに、グリタ（バター）から白い衣を着たシュリーが生まれた。さらに、酒の女神、白馬、アムリタの創造物である神聖な宝珠カウストゥバが生じた。光線で輝くカウストゥバは、聖ナーラーヤナの胸にある。シュリー、酒の女神、月、そして思考のように速い馬は、太陽の道に従って、神々がいる所に行った。次に美しいダヌヴァンタリが、アムリタの入った白い水瓶を携えて誕生した。この大いなる奇跡を見て、アスラたちに、アムリタを求めて大きな騒ぎが起こった。「これは私のものだ」と言いながら。するとの幻術（マーヤー）を用いて魅力的な女の姿に変身したヴィシュヌは、アスラたちに近づいた。愚かな彼らは喜びながら、アムリタを彼女（ヴィシュヌ）に与えた。［1・16］

アスラたちは武装して神々を攻撃した。神々はヴィシュヌが取り戻したアムリタを受け取って飲んだ。その時、アスラのラーフが神々に混じってアムリタを飲んだ。月と太陽がそれを見て神々に告げた。ヴィシュヌはアムリタを飲んでいるラーフの頭を円盤で切った。アムリタはラーフの喉まで達していたので、頭だけは不死となった。ラーフの頭は月と太陽を恨み、今でもそれらを呑み込む（日月蝕の起源）。

その後、海岸で神々とアスラの恐ろしい戦闘が開始された。武器がぶつかり合い、恐ろしい怒声がいたるところで聞こえた。その時、ナラとナーラーヤナが戦闘に加わった。ナラは矢で、ナーラーヤナ（ヴィシュヌ）は円盤で闘った。彼らの活躍で神々は勝利し、アムリタを大切に保存した。インドラと神々はアムリタの貯蔵庫の守護をキリーティンにゆだねた。［1・17］

### ◇「火の神話」としての乳海攪拌《かくはん》神話

この話には乳製品の攪拌作業が反映されている。インドの影響を受けたことが明らかな、モンゴル語系のカルムクの以下のような話には、乳製品の攪拌との結びつきがはっきりと述べられている[9]。

> 四人の強力な神々は、力を合わせて、ここでは明らかに柱の形をしていると思われているスメル山をつかんで、それを、ちょうどカルムクの女がきねでバターをかき混ぜるように、原海の中でぐるぐるかき混ぜた。こうしてせっせとかき混ぜられた海から、まず太陽・月・星が生まれた。

しかしそれよりも深い水準で、乳海攪拌神話は発火法と関連があると思われる。山を攪拌棒とし、蛇を綱として巻きつけて両側から引っ張ることで攪拌するという動作は、棒に紐を巻き付けて左右に引いて回転させることで火をきりだす、「紐錐（ひもぎり）」の所作とよく似ているように思われるのである。

このように発火法の投影として見て取れるだけでなく、この話の内部にも、火の要素がはっきりと表れている。

攪拌の綱となった竜王ヴァースキの口から煙と炎を伴う風が発生し、マンダラ山による摩擦のために様々な種類の水の生き物が死に、木々や鳥は擦れ合って山の頂から落ち、摩擦から火が生じ、炎を上げて燃えてマンダラ山を覆い、火にあぶり出された象や獅子を燃やした。そして、「様々な生き物たちは皆死んだ」。創造に先立って全てが混沌に帰せられるのである。常に争いあう神々とアスラがこの時だけ協力体制を築くこと自体が、混沌の状態、一切の区別が無い状態であるとも言えるだろう。こうして世界を混沌に戻してから、新しい世界が生成する。乳海攪拌神話は創世神話であるだけではなく、火による世界の破壊と混沌への回帰、そしてそこからの再創造の神話である。

「火の神話」という視点から『マハーバーラタ』の構成を見てみると、そこには火の要素が頻繁に表れていることに気づく。物語の順番に並べてみると、次のようになる。

1. ジャナメージャヤ王による蛇供犠（蛇族を火で燃やし尽くそうとする）
2. 乳海攪拌神話
3. ラックの家の火災（パーンダヴァ五兄弟がニシャーダ族の家族を身代わりとして燃えやすいラックの家に招き、その家を燃やして逃走する）
4. カーンダヴァ森炎上（火神アグニの要請に応じてクリシュナとアルジュナが森を燃やし、森の生物を皆殺しにする）

「火の神話群」とも呼べそうなこれらの神話は、あるいは、『マハーバーラタ』の大戦争の最終場面における、アシュヴァッターマンの火によるパーンダヴァ軍の全滅の話を暗示しているのかも知れない。

## ◎挿話4　シャクンタラー物語

ジャナメージャヤ王の問いに答えて、ヴァイシャンパーヤナはクル族の家系につながる、次のような話を語った。

ある時パウラヴァ族のドゥフシャンタ王はカヌヴァ仙と面会するために森の中の隠棲所に行った。カヌヴァ仙は不在であったが、娘のシャクンタラーが出てきた。一目で彼女に恋をした王は、熱心に口説き、両者はガーンダルヴァ婚（自由恋愛による結婚）により、その場で契りを交わした。その際シャクンタラーは、自分の産む息子が皇太子となるようにという約束を取り付けた。王は必ず軍隊を派遣して迎えに来ると言って去った。

帰宅したカヌヴァ仙は、シャクンタラーが自分の許可を得ずに結婚したことをたちまち見抜いたが祝福した。やがてシャクンタラーはドゥフシャンタ王の息子を産み、時が過ぎて息子は六歳となった。カヌヴァ仙は孫が皇太子になるべき時が来たと言い、シャクンタラーとその息子を王のもとへ行かせた。

母子は王と面会した。シャクンタラーが息子を皇太子にするという約束を思い出して下さいと言うと、王は冷たく「知らぬ」と言い放った。シャクンタラーは怒りにかられたが自制し、長々と教説を述べて説得を試みたが、王は応じなかった。シャクンタラーがとうとう立ち去ろうとすると、空中から神々の声が聞こえ、シャクンタラーの息子はドゥフシャンタ王の息子であり、その息子を養育せよと告げた。王は大変喜んだ。自分は真実を知っていたが、もしシャクンタラーの言葉だけで息子を受け入れていたら、世の人は疑ったであろうと述べた。王は息子をバラタと名付けた。彼からバーラタの家系が生じた。［1・62〜69］

## ◎挿話5　呪術師ウシャナスとその娘デーヴァヤーニーの物語

ジャナメージャヤ王の問いに答えて、ヴァイシャンパーヤナは語った。

神々とアスラが争っていた時のこと、神々は祭祀のための司祭としてブリハスパティを、アスラたちはウシャナス・カーヴィヤ（シュクラ）を選んだ。この二人は激しく競い合っていた。神々は戦いにおいてアスラたちを殺したが、ウシャナスは術の力で彼らを蘇らせた。しかしアスラたちが神々を殺すと、ブリハスパティは蘇生の術を知らないため、神々を生き返らせることはできなかった。ウシャナスへの恐怖に苦しめられた神々は、ブリハスパティの息子カチャに、ウシャナスのもとに弟子入りして、蘇生の術を学んでくるように頼んだ。「若いあなたならば、ウシャナスと、その娘デーヴァヤーニーの好意を受けられるだろう、デーヴァヤーニーを満足させれば、必ずあの術を得られるだろう」。

カチャはウシャナスとデーヴァヤーニーによく仕え、五百年が過ぎた。そのうちアスラたちは、カチャのことに気が付き、術を守るために、カチャが一人で人気のない森で牛の番をしている時に、彼を殺して切り刻み、ジャッカルたちに与えた。夜になってもカチャが戻ってこないので、デーヴァヤーニーはカチャが殺されたと考えた。そこでウシャナスは蘇生の術を行なった。彼は「ここに戻って来い」と言うことにより、死者を生き返らせることができた。

しかしアスラたちは再びカチャを殺し、焼いて粉にし、それを酒の中に入れてウシャナスに飲ませた。再びカチャが殺されたことを知ったデーヴァヤーニーの懇願に答えて、ウシャナスは再度カチャを呼んだ。カチャはウシャナスの腹の中から返事をした。彼はウシャナスが飲んだ酒に混じって師の身体の中に入っていたのである。カチャを生き返らせるためにはウシャナスが死なねばならなかった。そこでウシャナスは、腹の中のカチャに蘇生の術を習得させた。そしてカチャがウシャナスの腹を破って出た後、今度はカチャが術によってウシャナスを生き返らせた。

術を習得したカチャは千年間師のもとに留まった後、神々の世界へ帰ろうとした。しかしカチャに恋をしていたデーヴァヤーニーが彼を引きとめ、自分と結婚するように命じた。カチャは師の娘であるからと言って拒んだ。するとデーヴァヤーニーはカチャを呪って、蘇生の術が成就しないようにした。しかしカチャは、「私が誰かに術を教えれば、その者の術は成就するだろう」と言った。こうして神々は不死の術を手に入れた。〔1・71～72〕

ある時、アスラの王ヴリシャパルヴァンの娘シャルミシュターとデーヴァヤーニーとの間に些細なことで諍いが生じた。デーヴァヤーニーはシャルミシュターを「私の弟子なのに失礼だ」と言い、シャルミシュターは「あなたの父は私の父に対していつも遜っている。あなたは請い、讃え、物をもらう人の娘だが、私は与え、讃えられ、もらわない人の娘だ」と蔑んだ。デーヴァヤーニーはシャルミシュターに井戸に突き落とされて放置された。そこにたまたまヤヤーティ王が通りかかり、デーヴァヤーニーを助けた。父のもとに帰ったデーヴァヤーニーは、アスラの王女の仕打ちを話した。怒ったウシャナスはヴリシャパルヴァンのもとへ行き、「私はあなたとその一族を捨てる」と言った。アスラの王が引き止めると、ウシャナスはデーヴァヤーニーが満足するようにせよと条件を出した。アスラの王は、「アスラの王たちがこの世で所有する全ての財産、象でも牛でも馬でも、それはあなたのものである」と言い、またシャルミシュターに、千人の侍女と共にデーヴァヤーニーの召使として仕えるように命じた。王女は大人しく父の命に従った。〔1・73～75〕

デーヴァヤーニーはかつて井戸から自分を助け出してくれたヤヤーティ王と再会し、結婚を迫った。ヤヤーティは、バラモンの彼女とクシャトリヤの自分が結婚するのは法に反するとして拒んだが、ウシャナスが結婚を切望する娘のために、ヴァルナ（身分）を超えて結婚することによる罪を除去し、非法に陥らないことを請合った。こうして二人は結婚した。シャルミシュターも侍女としてヤヤーティ王の宮殿へ同行した。この時ウシャナスは、ヤヤーティに「決してシャルミシュターを寝所に呼んではならない」と念を押した。

ヤヤーティとデーヴァヤーニーは幸福に暮らし、やがて男児が誕生した。その頃、シャルミシュターは青春期に達し、生理を見て、受胎期が無駄になることを悲しみ、たまたま一人で外出していたヤヤーティに息子を授けてくれるよう迫った。

ヤヤーティはシャルミシュターの懇願に折れて、彼女と交わった。ヤヤーティはデーヴァヤーニーとの間に二人の息子をもうけ、シャルミシュターとの間に密かに三人の息子をもうけた。やがて、ヤヤーティ王とシャルミシュターの関係がデーヴァヤーニーの知るところとなった。彼女は怒って父のもとへ帰った。ヤヤーティはうろたえながら妻の後をついて行った。デーヴァヤーニーは起こったことを父に告げた。ウシャナスはヤヤーティを呪い、「打ち勝ちがたい老いがあなたを襲うだろう」と告げた。しかしこの老いは、他者に移すことができ、その老いを引き受けたものが、王国を継承するということが保証された。

老齢になったヤヤーティは国に帰り、五人の息子に老いを引き受けるように頼んだ。デーヴァヤーニーの息子ヤドゥとトゥルヴァスは拒んだ。シャルミシュターの息子のドルフュとアヌも拒んだ。しかし末弟のプールが引き受けた。ヤヤーティはプールの若さを貰いうけ、千年の間青春を楽しみ適切に王国を統治してから、プールに若さを返し王国を与え、自らの老いを引き取った。〔1・76〜80〕

### ◇同じ「蘇生の術」を使うアスラの話

ウシャナスの蘇生の術の話とそっくりな話が『マハーバーラタ』にある。

アスラのイルヴァラが死んだ者に呼びかけると、その者は再び肉体を取り戻して生き返る。イルヴァラは高名なバラモンにインドラのような息子を授けてくれるように頼んだが叶えられなかったので、バラモンを恨んでいた。恨みを晴らすためにイルヴァラは、弟のアスラ・ヴァーターピを山羊に変えてバラモンに食べさせたあとで、弟の名前を呼ぶ。すると弟はバラモンの脇腹を裂いて出てくる。兄弟はこのようにしてバラモンたちを殺し続けた。〔3・94・4〜10〕しかしあるとき、アガスティヤ仙がヴァーターピを食べて消化してしまった。〔3・97・6〜7〕

このように全く同じ術を使うということは、ウシャナスの蘇生の術は、アスラ的なものなのかもしれない。

注

（1）吉田敦彦『ギリシァ神話と日本神話』（みすず書房、一九七四年）七〇～七一頁。

（2）丸山顕徳『口承神話伝説の諸相』（勉誠出版、二〇一二年）三二～四六頁。

（3）吉田『ギリシァ神話と日本神話』七一～七四頁。

（4）Sullivan, Bruce M. *Seer of the Fifth Veda.* Motilal Banarsidass (Delhi), 1999.

（5）Dumézil, Georges. *L'idéologie Tripartie des Indo-Européens.* Latomus (Bruxelles), 1958.（松村一男訳『神々の構造』国文社、一九八七年）

（6）大林太良・伊藤清司・吉田敦彦・松村一男編『世界神話事典』（角川選書、二〇〇五年）二四三頁から引用した。

（7）『世界神話事典』三三二～三三三頁。

（8）沖田瑞穂『怖い女』（原書房、二〇一八年）二五七～二六八頁。

（9）ウノ・ハルヴァ著、田中克彦訳『シャマニズム――アルタイ系諸民族の世界像』（三省堂、一九七一年）五三頁。

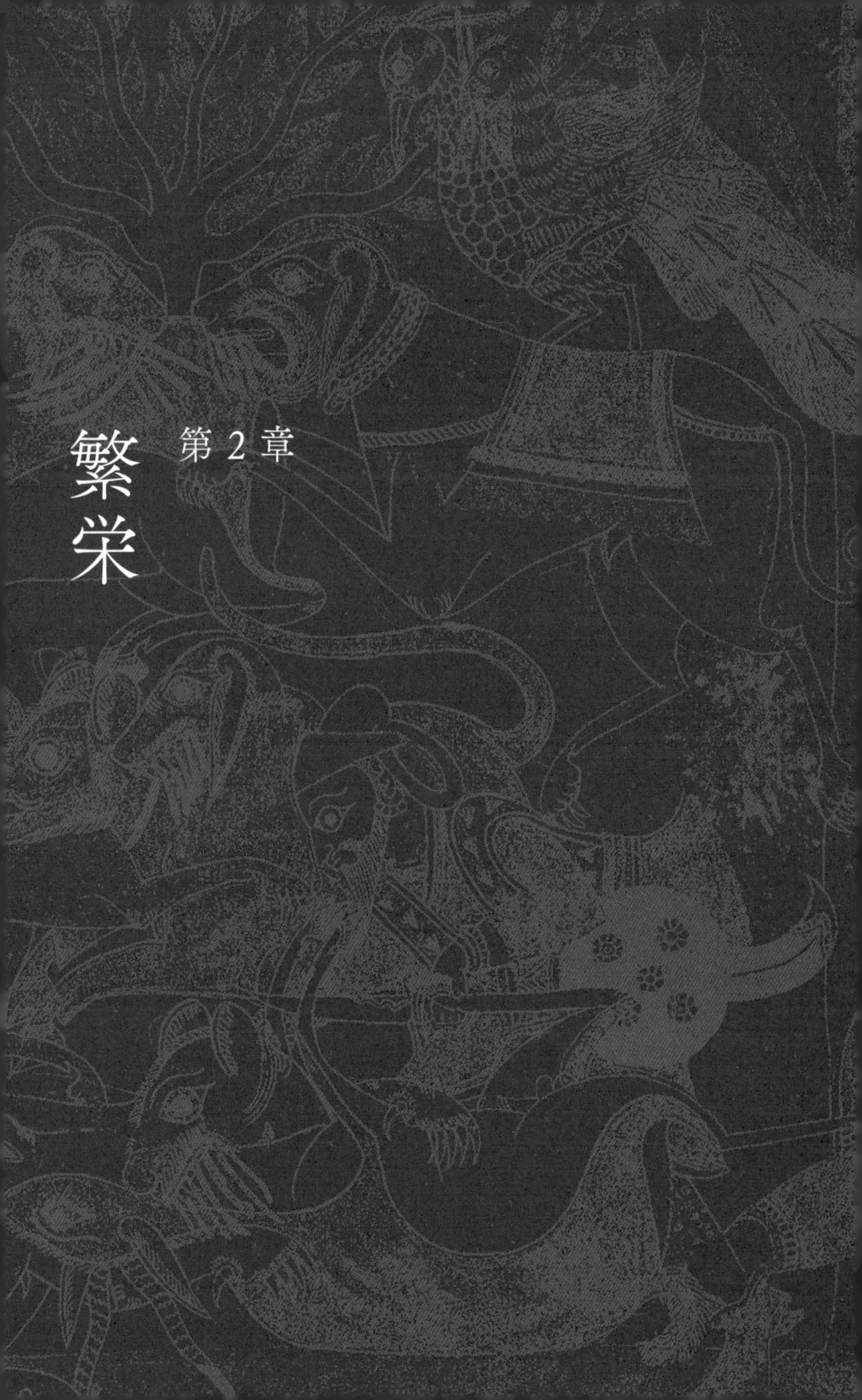

# 第2章 繁栄

## ◉主筋1　ビーマの羅刹退治

パーンダヴァ五兄弟と母クンティーが、燃えやすい家から森へ逃れてきた直後のこと。その森に棲みついている羅刹（ラークシャサ）のヒディンバが人間の匂いを察知して、妹の羅刹女ヒディンバーに様子を見に行かせた。ヒディンバーは、四人の兄弟とクンティーが疲れ切って眠っている所に、一人だけ起きて周囲を警戒しているビーマを一目見て恋に落ち、兄の羅刹が彼らを狙っていることを告げて、自分と結婚してくれるなら救ってやると言ってビーマに迫った。ビーマは当然のことながらヒディンバーの誘いを断った。そこにヒディンバがやって来て妹の裏切りを知り、ビーマと戦闘になった。両者の闘いによって生じた騒音のために目が覚めた他の兄弟とクンティーは、ビーマの闘っている場所へ向かった。アルジュナはビーマに次のように言って助力を申し出たが、ビーマは怒って一瞬で羅刹を殺害した。

アルジュナは言った。「あなたが戦闘においてこの羅刹を重荷と考えるなら、私が助勢する。彼はすぐに殺されるべきである。それとも狼腹（ヴリコーダラ、ビーマのあだ名）よ、この私が彼を殺そうか。あなたはよく働いて疲れたのだろう。戦闘を中止しなさい」。この言葉を聞いたビーマセーナは非常に怒って、羅刹を力まかせに地面に打ちつけて、家畜を殺すように殺した。彼はビーマに殺される時、森全体を響かせる、水に濡れた太鼓のような大きな音を立てた。強力なパーンドゥの息子（ビーマ）は両腕で彼を締め付けて、背骨を折り、パーンダヴァたちを喜ばせた。［1・142・26～30］

羅刹を倒すと、ビーマはヒディンバーに対して「兄の行った道を辿れ（死ね）」と言って彼女を拒絶したが、ヒディンバーの必死の求愛を聞いた長男のユディシュティラが、次のように言ってビーマとヒディンバーの条件付きの結婚を認めた。

「美しい女よ、ビーマセーナが沐浴をして、日々の儀式を済ませ、結婚の儀式を終えたら、太陽が沈むまで彼を愛しなさい。日中は、彼とともに望みのままに、思考のように速やかに楽しみなさい。しかし夜はいつも、ビーマセーナを戻らせねばならない」。［1・143・17～18］

こうして二人は昼の間だけ結婚生活を楽しみ、ガトートカチャという名の一子を儲けた。この息子はやがて大戦争の時に活躍することになる。その後ヒディンバーはビーマとの同棲期間が終わったことを告げて、去って行った。［1・139～143］

この後、一家はエーカチャクラーの都へ行き、あるバラモンの家に滞在した。

たまたまビーマとクンティーが家に残っている時に、バラモンの一家の激しい泣き声が聞こえてきた。クンティーがわけを訪ねると、バラモンは理由を語った。

その都の付近にはバカという名の羅刹が住んでいて、その地方の都市と国土を守っている。そのお陰でそこに住む人々は敵の軍隊や他の魔物からの被害はない。その代わり羅刹は、報酬を求める。その報酬とは、荷車一台分の米と、一頭の水牛と、それを持っていく一人の人間である。今、自分たちにその順番が回って来たので、泣いていたのだという。四人の家族は、それぞれ自分が荷物を持っていくと主張しあった。それを聞いたクンティーは、ビーマに報酬を持って行かせることにした。

ビーマは食物を持って羅刹のいる所へ行き、その食物を食べながら羅刹の名前を呼んだ。羅刹がやって来ても無視して食べ続けていると、怒った羅刹がビーマに向かって突進してきた。ビーマと羅刹は樹木を武器にして闘った。闘いの末、羅刹はビーマに真っ二つに折り曲げられて死んだ。

［1・145～152］

### ◆ビーマのイニシエーションとしての羅刹退治

ヒディンバ殺しとバカ殺し、二つの羅刹退治が語られるが、これはビーマのイニシエーションを意味している。アメリカの神話学者キャンベルは、神話における英雄のイニシエーションの過程について、次のように述べている。(1)

英雄は日常世界から危険を冒してまでも、人為の遠く及ばぬ超自然的な領域に赴く。その赴いた領域で超人的な力に遭遇し、決定的な勝利を収める。英雄はかれにしたがう者に恩恵を授ける力をえて、この不思議な冒険から帰還する。

この過程はビーマの場合にも当てはまる。彼は日常世界と隔たった森という境界的領域に赴き、超人的な力であるところの羅刹と戦い、勝利して、後に帰還を果たすのである。

## ◉主筋2……ドラウパディーの婿選びと五人の夫

パーンダヴァ五兄弟は、パーンチャーラ国で王女ドラウパディーの婿選び式スヴァヤンヴァラが行われることを知らされ、そこに向かった。

一方パーンチャーラ国のドルパダ王は、娘のドラウパディーをパーンドゥの王子アルジュナに嫁がせたいと考えていた。そこで彼は娘のスヴァヤンヴァラを催し、アルジュナにしか引くことのできない剛弓を作らせ、集まった王や王子たちに、その弓を引いて的を射た者に娘を与えると告げた。諸王は次々に弓を射ようとしたが、誰もそれを引くことができなかった。しかしバラモンに変装したアルジュナは弓をやすやすと引き、用意された的に命中させた。ドラウパディーは微笑みながら

白い花輪を持ってアルジュナに近づいて行った。［1・176〜179］

兄弟たちがドラウパディーを伴ってクンティーの元に帰ってきたとき、彼らは「我々の得たお布施です」と言った。クンティーは後ろを向いたまま、「おまえたちでお分けなさい」と命じた。ところが、その「お布施」とはドラウパディーのことであった。母の言葉は絶対とされる。クンティーの言葉が虚偽になってはならなかった。そこで、ユディシュティラの最終的な判断により、ドラウパディーは五兄弟の共通の妻となることになった。［1・182］

ドルパダ王の元に迎え入れられた五兄弟は素性を明かし、ドラウパディーを兄弟の共通の妻とすることを伝えた。ドルパダ王が戸惑っているところに、聖仙ヴィヤーサが現れた。彼はドラウパディーの前世を語り、この一妻多夫婚が法にかなっていることを説いた。

一つ目の前世譚では、ドラウパディーは女神シュリーの化身であるとされる。

かつて神々はナイミシャの森で供儀を行った。その時ヤマ（死の神）が犠牲獣を殺す役を務めた。ヤマは潔斎をして生類を殺さなくなった。そのため生類は死なくなり、おびただしい数になった。インドラ、ヴァルナ、クベーラ、サーディヤ神群、ルドラ神群、ヴァス神群、アシュヴィン双神とその他の神々は、創造主ブラフマーのもとに集まって、訴えた。「我々は人間が増えすぎたことに

**ドラウパディー、祭壇の火の中から誕生する**

大きな恐れを抱いています。恐怖にかられ、幸福を求めてあなたに助けを求めに来ました」。するとブラフマーは言った。「あなた方は不死であるのに、なぜ人間のために恐れるのか。死すべき人間を恐れるものではない」。神々は答えた。「死すべきものが死ななくなり、我々との間に差異がなくなってしまいました。この平等を恐れ、差異を求めて、ここに来たのです」。ブラフマーは言った。「祭祀のためにヤマは忙しい。それ故人間たちは死なないのだ。彼が全ての仕事を終えれば、人間たちに死が訪れるだろう」。

　この言葉を聞いた神々は、神々の祭式が行われている所に集まった。そこで彼らは、ガンジス川に蓮の花があるのを見た。神々が驚いていると、インドラがそこへ近づいて行った。ガンガーが永遠に生まれ出るその場所（水源）に、火のように輝く一人の娘がいた。その娘は泣きながら水を求めてガンガーに入って立っていた。彼女の涙が水に落ちて、黄金の蓮となった。この奇跡を見てインドラは尋ねた。「あなたは誰か。なぜ泣いているのか。真実を語りなさい」。すると彼女は答えた。「あなたは私が誰であるかを知るでしょう、インドラよ。そしてなぜ不幸な私が泣いているかを。私の後について来なさい、私が泣く理由をあなたは知るでしょう」。（結局、この女の正体は明らかにされない。）

彼女の後について行くと、インドラは、ヒマーラヤの頂上で骰子遊びをしている美しい若者を見た。その者は獅子座に座り、若い娘を伴っていた。骰子に完全に没頭している彼を見て怒ったインドラは、「この全世界は私の支配下にあると知れ。私は主宰神であるぞ」と言った。若者（実はシヴァ神）は怒ったインドラを見て笑い、彼を凝視した。するとインドラは硬直して柱のように立ち尽くした。

骰子遊びが終わると、かの泣いている女神に若者は言った。「その者を連れて来なさい、もうその者が慢心することもないだろう」。彼女がインドラに触れると、彼の体は地面に落ちた。若者は言った。「インドラよ、二度とこのようなことをしてはならない。この巨大な山の王を動かしなさい。あなたの力と精力は計り知れないから。動かしてその中に入りなさい。そこに、太陽のように輝く、あなたと同様の者たちが座っている」。

インドラがヒマーラヤの峰を動かすと、そこに自身と等しい輝きを有する四人の者を見た。インドラは彼らを見て、自分も彼らのようになるのかと思い、落胆した。両目を開いて怒ったシヴァは言った。「インドラよ、その洞窟に入りなさい。あなたは愚かさによって私を侮辱したから」。インドラは悲しみのあまり風に揺られるアシュヴァッタ樹の葉のように震えた。彼は合掌して頭を下げ、大目にみてくださいとシヴァに請うた。シヴァは答えた。「あなたのような性質の者は救いを得ない。他の者たちもまた、以前と同様になるだろう。それ故、この洞窟に入って寝ていなさい。そうすれば疑いなくあなた方に救いがあるだろう。あなた方は皆、人間の胎内に入りなさい。そこであなた方は為しがたい行為を成し、他の多くのものを死に至らしめる。それから再びインドラの世界を得るだろう、自身の行為によってかつて得ていた、とても素晴らしい世界を。私が告げた全てのことが為されよ。そして他の様々な意義あることも」。

過去のインドラたちは言った、「我々は神々の世界から、救いの得がたい人間の世界に行きましょう。しかし神々が我々を母体に宿らせてくれますよう。ダルマ、ヴァーユ、インドラ、アシュヴィンが」。これを聞いた（現在の）インドラはシヴァに言った。「私はその仕事のために、私自身の精液によって彼らのうち五番目の男を作ろう」。恐ろしい弓を持つ神（シヴァ）は、恵み深い性質から、彼らの望みを言われた通りに叶えた。そして世界中で愛される女神シュリーを、人間の世界における彼らの妻とした。

シヴァはインドラたちと共に無比の神ナーラーヤナ（ヴィシュヌ）のもとへ行った。彼もまた、全てをそのように取り決めた。そして皆は地上に生まれた。

ナーラーヤナは二本の毛を引き抜いた。一本は白く、もう一本は黒かった。この二本の毛髪はヤドゥ族のローヒニーとデーヴァキーという女性に宿った。そのうちの一本がバラデーヴァ（バララーマ）となり、もう一本がケーシャヴァ（クリシュナ）となった。

ヒマーラヤの洞窟に閉じ込められていたインドラたちが勇猛なパーンダヴァである。インドラの一部がアルジュナである。以前彼らの妻として定められたラクシュミー（シュリー）が、この神々しいドラウパディーである。［1・189・1～33］

これに続いて、第二の前世譚が語られる。

苦行林に、ある偉大な聖仙の娘がいた。器量の良い娘であったが、夫がいなかった。彼女は激しい苦行を行ってシャンカラ（シヴァ）を満足させた。シヴァは彼女に、望みを叶えてやろうと告げた。娘は、「全ての美質を備えた夫をください」と繰り返し願った。喜んだシヴァは、その願いを叶えた。「あなたに五人の夫ができるだろう」。

娘は神のご機嫌を取りながら、「私は美質を備えた一人の夫を頂きたいのです」と言った。神々の王は次のようなめでたい言葉を告げた。「あなたは私に、五回続けて夫をくださいと言った。あなたに幸いあれ。他の身体に移った時、その通りのことが起こるだろう」。

この娘がクリシュナー（ドラウパディー）である。彼女は五人の男の妻として定められているの

である。［1・189・41～47］

◆ドラウパディーとシヴァ

これら二つの前世譚はどちらも、ドラウパディーが五人の夫を持つことになったのはシヴァの計らいであると語っている。ドラウパディーとシヴァは、『マハーバーラタ』の最終巻である第十八巻においても結びつけられている。ユディシュティラをはじめとする主要な登場人物のほとんどが死んで天界に行き、そこで再会した時の場面である。ユディシュティラが太陽のように輝くドラウパディーを見ると、インドラは彼女についてこう説明した。

彼女はシュリーである。世界中で愛される香り麗しい彼女は、あなたのために、人間の女の胎を通らずにドラウパディーとして人間の世界に行ったのだ、ユディシュティラよ。彼女はドルパダの家に生まれ、あなたたちに養われた。あなたたちの愛のために、彼女は三叉の矛を持つ者（シヴァ）によって創られたのだ。［18・4・9～10］

このようなドラウパディーとシヴァとの結びつきには、彼女がクルクシェートラの戦争のために果す役割と関係があるように思われる。ドラウパディーは誕生の際に、天から次のような運命を告げられていた。

誕生した腰つき美しい彼女について、天からの声が告げた。「全ての女の中で最上のクリシュナーは、クシャトリヤに破滅をもたらすだろう。美しい胴の彼女はやがて神々の目的を

成就するだろう。彼女のために、クシャトリヤたちの大なる恐怖が生じるだろう」。［1・155・44〜45］

ドラウパディーはこの運命を、パーンダヴァとカウラヴァの間に大戦争を引き起こすという形で実行することになる。彼女がカウラヴァ兄弟から受けた屈辱が、大戦争の最大の原因となったのだ。そのような形でドラウパディーはシヴァの「世界の破壊者」としての役割を果たしているように思われる。(2)

## ◉主筋3……王国の獲得

ドリタラーシュトラ王は帰国した五兄弟とクンティー、ドラウパディーを迎えると、王国の半分、カーンダヴァプラスタを彼らに与えた。兄弟たちは早速カーンダヴァプラスタに向かった。ヴィヤーサ仙に先導されて恐ろしい森を抜け、地鎮祭を行ってから土地を測量し、美しい都を築いた。多くのバラモンたち、商人たち、技術者たちがそこにやって来て住んだ。パーンダヴァは五人のインドラであるかのようであった。［1・199］

## ◉主筋4 アルジュナの放浪1

兄弟たちは、一人の妻ドラウパディーを共有するにあたって、約定を定めた。「もしわれわれのうち誰かがドラウパディーといる時に、他の兄弟を見たら、その者は十二年間森で修行生活を行わなければならない」。

ところが、この約束はさっそく破られることになった。ユディシュティラとドラウパディーが共にいるところに、バラモンを救うためにどうしてもそこにある武器が必要になったアルジュナが入って行ったのだ。彼は兄弟の結婚生活の約束を破ったことになり、十二年間一人で森に住むことになった。

アルジュナがその旅の途中、ガンジス川で沐浴をしていると、川から蛇女ウルーピーが現れ、「あなたを愛する私を愛してください。これは法にかなっています」とアルジュナを口説いた。アルジュナは一晩をウルーピーの元で過ごした。

その後チトラヴァーハナ王のもとを訪れると、その娘チトラーンガダーを妻に娶り、三年間その国で過ごした。

その後アルジュナはプラバーサ国のクリシュナを訪れた。ナラとナーラーヤナの化身である二人は再会を喜び合った。

そのとき、アルジュナはクリシュナの妹スバドラーに恋をした。クリシュナの勧めで、アルジュナは戦士の一族にふさわしい方法である略奪婚によってスバドラーを妻とすることに決め、彼女を戦車で攫って連れ帰った。ドラウパディーははじめこの新しい妻に不服であったが、スバドラーが召し使いの姿をして彼女に挨拶をしたので、愛情をこめて受け入れた。［1・205〜213］

## ◉主筋5　カーンダヴァ森炎上

パーンダヴァがインドラプラスタ（カーンダヴァプラスタ）を治めていた時、クリシュナが彼らのもとにやって来てしばらくの間滞在していた。ある時クリシュナとアルジュナはヤムナー河へ遊びに行った。そこに一人の光輝くバラモンが現れて、二人に話しかけてきた。その様子は、以下のように記されている。

彼はアルジュナとクリシュナに言った。「カーンダヴァの森の近くに立っている二人の世界的な英雄たちよ。私は大食漢のバラモンで、いつも果てしなく食べている。私はクリシュナとアルジュナにお願いする。私を満腹にさせて下さい」。

このように言われたクリシュナとアルジュナは、彼に答えた。「どのような食物によってあなたは満足するのですか。我々はその食物のために努力します」。そのように言われたその聖者は、どのような食物を用意しましょうかと言っている二人の英雄に告げた。

「私は（普通の）食物は食べない。私を火神であると知りなさい。あなたたち二人は、ふさわしい食物を私に与えて下さい。インドラが常にこのカーンダヴァの森を守っている。偉大な神によって守られているこの森を、私は焼くことができない。ここには彼の友であるタクシャカ竜が一族と共に住みついている。それ故インドラはこの森を守っている。そのために、（他の）多くの生き物たちも守られている。インドラの威光のために、私は森を焼くことができない。彼は私が燃え上がるのを見ると、雨雲によって雨を降らせる。そのため私は森を燃やしたくても燃やすことができない。しかし、武術に長けたあなた方二人の協力者に出会ったのだから、私はカーンダヴァの森を焼く。私は食物としてそれを選んだ。最高の武術に通じたあなた方二人は、全ての方向から豪雨を防ぎ、あらゆる方向から完全に生き物たちを妨げて下さい」。

［1・125・1～11］

アルジュナはカーンダヴァの森を燃やす決意をし、そのための武具を火神に乞うた。すると火神は世界守護神である水神ヴァルナを呼び出し、ヴァルナ神によってアルジュナに、宝の弓と、矢の尽きることのない箙と、神馬を繋ぎ猿の旗標のついた戦車が与えられた。火神はまたクリシュナに、武器である円盤を与えた。こうして戦闘の準備が整うと、火神はカーンダヴァの森を焼きはじめた。クリシュナとアルジュナは逃げようとする生き物たちを追跡して殺戮した。何千もの生き物がそこで死んだ。火神は歓喜した。それに動揺した神々は、インドラに庇護を求めた。インドラはカーンダヴァの森に大雨を降らせたが、火によって空中で蒸発してしまった。アルジュナは矢で森を覆って雨を降らせるインドラを制止した。神々や半神族たちが武器を取って参戦し、クリシュナとアルジュナを殺そうとした。二人は弓矢と円盤を武器に応戦した。その戦闘の様子は、以下のように語られている。

その大いなる戦場において、ユガ（宇宙期）の終末にも似た、生き物たちに破滅をもたらす様々な驚異的なしるしが現れた。神々と共にいる、激昂したインドラを見て、戦場において難攻不落の強力な二人は、恐れることなく弓を構えて立っていた。やって来る神々を見て、猛り立った彼らは各々、金剛杵（ヴァジュラ）に似た矢によって応戦した。神々は繰り返し戦意を喪失し、恐怖のために戦場を離れてインドラに助けを求めた。天界に住む聖者たちは、クリシュナとアルジュナによって神々が防ぎ止められたのを見て、驚愕した。インドラも、戦場における彼ら二人の武勇を一度ならず目にして、最高に喜び、再び彼らと戦った。［1・128・38〜43］

インドラはアルジュナの力量を試すために様々な戦いを仕掛けた。アルジュナは見事にそれらの

パーンダヴァの集会場

攻撃を防いだ。他の神々は戦意を喪失して退却した。その時天空から姿なき声が聞こえてきて、タクシャカ竜王は火災から逃げ出したこと、クリシュナとアルジュナは古の聖仙ナラとナーラーヤナであることが告げられた。これを聞いたインドラは、その言葉を真実だと考えて天界に去った。神々の王が去ると、クリシュナとアルジュナは森の生き物たちの殺戮を再開した。

森から生きて出られたのは、タクシャカのほかに、蛇のアシュヴァセーナ、アスラのマヤ、四羽のシャールンガカ鳥の六名のみであった。

それ以外の森の生き物は、火神の炎に焼き尽くされた。

### ◆世界滅亡の神話

このカーンダヴァ森炎上の話は、森という小宇宙の滅亡の神話であるとみなすことができる。テキストにおいても、森の炎上が「ユガ（宇宙期）の終末」に譬えられている。〔1・216・32、1・218・38〕そのような神話の中で、アルジュナはアグニ神によって呼び出されたヴァルナ神から武器

（ガーンディーヴァ）を授かる。これらの武器は後にクルクシェートラの戦いにおいて用いられることになる。そして父神であるインドラと戦い、これに勝利している。森という境界的領域において、父神を克服するという形で、アルジュナのイニシエーションが行われたと考えることができるだろう。

### ◇「七名」の生き残り

カーンダヴァ森炎上の神話において、タクシャカ竜王以下、合計七名の動物たちが生きてそこから脱出したとされている。この七名という数は、大戦争の最後にアシュヴァッターマンが夜襲をかけ、そこから生き残ったパーンダヴァ側の戦士たちの数と合致する。すなわち、五兄弟と、クリシュナ、サーティヤキの七名である。奇妙な一致、ということができるだろう。

## ◉主筋6　集会場

アルジュナに森火事から救われたアスラのマヤは、クリシュナの命令を受けて、ユディシュティラの集会場を作ることにした。壮麗な集会場が彼によって作られた。またマヤは、ヒラニヤシュリンガという山から、ビーマのために棍棒を、アルジュナのためにデーヴァダッタという法螺を持ち帰って贈った。

集会場ができあがると、ユディシュティラはそこに入場し、一万人のバラモンたちを供応した。さらにそこには、名高い聖仙たち、王たちが集った。

ナーラダ仙がそこに現れ、ユディシュティラにラージャスーヤ祭を行って世界皇帝の座につくことを勧めた。ただし、その祭りには戦争と、滅亡をもたらす前兆がある、と付け加えた。ユディシュティラはこの祭りについて思案にくれた。

## ◆神々とアスラの世界の「鏡」構造

神々の世界に司祭がいればアスラの世界にもいるし、神々の世界に工匠がいればアスラの世界にもいる。この二つの世界は鏡のような関係なのかもしれない。

| | 神々の世界 | アスラの世界 |
|---|---|---|
| 工匠 | ヴィシュヴァカルマン | マヤ |
| 司祭 | ブリハスパティ | ウシャナス・カーヴィヤ |

## ◉主筋7 ラージャスーヤ祭

アルジュナ、ビーマ、双子は軍隊を率いて諸方を征服した。ユディシュティラは王国に留まっていた。

そしていよいよラージャスーヤ祭が行われた。クル族をはじめ、諸国の王族たちが招待された。居並ぶ王たちの中で、ユディシュティラはクリシュナに引き出物を贈ることを決めた。しかしこれに反対する者がいた。チェーディ国王シシュパーラである。ユディシュティラは穏やかに彼をなだめたが彼は聞き入れなかった。するとクリシュナが円盤で彼の首を落とした。

その後ラージャスーヤ祭は滞りなく終了した。

ドゥルヨーダナとシャクニはその宮殿に滞在していた。彼は水晶の床を歩こうとして、そこに水があると思って衣服を持ち上げた。また、水晶のような池で、床だと思って歩こうとして水に落ちた。この様子をビーマとアルジュナと双子が見て、笑った。

ドゥルヨーダナは恥をかいて国に帰っていった。その恨みは深かった。

主筋8

# 骰子《サイコロ》賭博と王国追放

ドゥフシャーサナ、ドラウパディーの衣を剥ぎ取ろうとするが、次々に衣が現れる

ドゥルヨーダナはパーンダヴァを破滅させることばかり考えていた。そしてユディシュティラが賭博に目がないことにつけいり、いかさま賭博を行う計画を立てた。

クル王国に呼び出されたユディシュティラは、ドゥルヨーダナの叔父シャクニと骰子賭博を行い、いかさまによって負け続け、全財産と四人の弟を失い、最後に兄弟の共通の妻ドラウパディーを賭け、彼女をも失ってしまった。この時ドラウパディーは、生理のために人目に触れることを避け、一枚の布のみを身にまとって部屋にこもっていたのだが、ドゥルヨーダナの弟ドゥフシャーサナに髪を引きずられて皆の居並ぶ大広間へ連れて行かれた。ドゥルヨーダナたちは彼女を奴隷女と呼び、衆目の面前で彼女が身に纏うたった一枚の布を剥ぎ取ろうとさえした。結局、ドリタラーシュトラ王の仲裁によってその賭けは無効になるのだが、その後に行なわれた二度目の賭博において、再びユディシュティラは負け、弟たちと妻と共に十三年間国を追放され、そのうち十二年間は森で暮らし、十三年目は誰にも正体を知られずに過ごさなければならなくなった。

パーンダヴァとドラウパディー、王国から追放される

王宮を退出するとき、ユディシュティラは怒れる視線によって人々を焼くことのないようにと、自らの衣で顔を覆って進んだ。ビーマは自分の太い腕を拡げて示しながら、その腕力に見合った行為をすることを考えていた。アルジュナは、敵に向かって射られた無数の矢を思い描きつつ、砂を撒き散らしながら歩んだ。双子の心配事は兄たちとは異なっていた。ナクラは旅の途中で女性の心を捕らえることのないようにと、全身にほこりを塗った。サハデーヴァは、誰も自分を見分けることのないようにと、顔を汚した。［2・53～71］

### ◆骰子《サイコロ》賭博と宇宙

ユディシュティラの骰子賭博によって『マハーバーラタ』の主題であるクルクシェートラの大戦争が始まるのであるが、インドの宇宙論的には、この大戦争は四つの時代区分（ユガ）のうち、三つ目のドゥヴァーパラ・ユガから、四つ目の最悪の時代、カリ・ユガへの移行の時期を表すとされる。四つのユガのそれぞれの名称は、骰子賭博の目を表している。最初の時代クリタ・ユガのクリタは、四つの良い特徴を備えた最高の賽の目、次の時代トレーターはそのうち一つ欠けた賽の目、三つ目の時代ドゥヴァーパラは二つの特徴を備え、最後のカリは一つのみの性質を備えた賽の目を、それぞれ表している。インドでは、宇宙の循環がまさに骰子賭博の展開そのものであるのだ。

## ◎挿話1　タパティー物語

以下の話は、クル族の系譜の最初期についての話である。さりげない話のようでいて、たいへん美しい神話であると思う。筆者が原典から訳したものを、冗長な修飾句を省略しつつ、紹介したい。

天空に住む太陽は、眩しく輝いて空を明るく満たしている。その太陽に、タパティーという名の類まれな娘がいた。彼女は天空地の三界において名高い存在であった。神々の中にもアスラの中にも、ヤクシャ（夜叉）にもラークシャサにもアプサラスにもガンダルヴァにも、彼女ほど美しい女の人は見当たらなかった。その美女は、身体のどの部分を取って見ても麗しく、身体のどこにも欠点がなく、切れ長の澄んだ黒い目をしていた。行い正しく、徳高く、美しい衣裳を身に着けていた。太陽は、容姿と行為と生まれと知性の点で彼女にふさわしい夫は、三界のどこにもいないと思った。年頃になり、嫁に出すのにふさわしくなった娘を見て、誰に嫁がせようかと考えて、太陽の心は片時も休まらなかった。

さて地上には、サンヴァラナという名前の強力な王がいた。彼はリクシャ王の息子で、クル族の王であった。サンヴァラナは常に太陽を崇拝していた。花輪を供物として太陽神に捧げ、誓いを守り、断食を行い、様々な種類の苦行を行って、従順に謙虚に清らかに、昇る太陽を献身的に崇拝した。そこで太陽神スーリヤは、この地上において容姿の点で勝る者のいないサンヴァラナを、タパティーにふさわしい夫であると考えた。

ある時王は、森へ狩猟に出かけた。狩りをしていると、飢えと渇きと疲れのために、彼の強健な馬が山の中で死んでしまった。王は徒歩で山を歩き回るうちに、切れ長の目をした美しい乙女に出会った。王は一人、乙女も一人であった。王は身動きもせずにじっと乙女を見つめた。その姿から察するに美と愛の女神シュリーであろうか、それとも太陽から落ちてきた光輝だろうかと、思いを巡らせた。その澄んだ黒い瞳の娘が立っている高原は、木々や藪や蔦ともども、金色に輝いていた。その乙女を見て、王はあらゆる生き物の身体を軽蔑した。「私は自分の目の果報を得た」と彼は思った。王は生まれて以来色々なものを目にしてきたが、彼女と同じくらい美しい姿は、一つも思い起こすことができなかった。「きっと、世界中の神とアスラと人間をかき混ぜて、創造主がこの大きな目の娘の姿をお作りになったのだ」。世界に類まれな彼女について、サンヴァラナはそんなふうに考えた。高貴な生まれの王は、その高貴な娘を見て、愛神カーマの矢に傷つけられて、心中で思い悩んだ。王は愛の火に激しく焼かれながら、恥じらいを含んだ愛くるしいその娘に、勇気を持って声をかけた。

「あなたは誰ですか。あなたの父上はどなたですか。どうしてここにいるのですか。バナナの幹のように豊かな腿をした乙女よ。なぜ人気のない森を一人で歩き回っているのですか。微笑み麗しい娘よ」。

人気のない森の中で、王は乙女に語りかけたが、愛に苛まれる彼に対して、彼女は何も答えなかった。そしてなおも語りかける王の前で、切れ長の目の娘は、雲間の雷光のように、その場で消えてしまった。サンヴァラナは気がふれたかのように森をさまよったが、彼女を見つけることができなかった。王はその場でひどく嘆き、とうとう地面に倒れてしまった。

すると微笑み麗しい、腰つき豊かな娘は、再び王の前に姿を見せた。そして彼女は甘美な声で、「立ちなさい」と王に語りかけた。

甘い声で語りかけられた王は、口ごもりながら言葉を発した。

「優しい娘よ、黒い目の美しい娘よ。愛に悩む私を、あなたを愛している私を、どうか愛して下さい。

乙女よ、自由意志によるガーンダルヴァ婚によって私のもとへ来なさい。結婚の中でガーンダルヴァ婚は最も優れていると言われているから」。

タパティーは答えた。

「王さま、私は自分で決めることはできません。私には父がいます。もしあなたの愛が私にありますなら、父に頼んで下さい。あなたの心が私によって捕らわれたように、会った時からあなたも私の心を捕まえたのです。でも私は自分の身体を自由にはできません。女は自由ではないのです。ですから、平伏し、苦行を行い、誓いを守って、時が来たら、私の父の太陽に頼んで下さい。もし父が望めば、私は永遠にあなたのものになります。私の名はタパティー。サーヴィトリの妹、世界の光である太陽神の娘です」。

このように言ってから、少女はすみやかに天上へ去った。王は再びその場で地面に倒れてしまった。

やがて、大臣が従者たちを連れて森へやって来て、倒れている王を見つけた。大臣は急いで駆け寄り、倒れた王を立ち上がらせた。この大臣は知恵と年齢と栄光と自制の点で優れた長老であった。彼は王の頭に蓮花の香りのする冷たい水を注いだ。意識が戻ると、王はその場に大臣一人を残して、全ての軍隊を都に戻らせた。大軍が去ると、彼はその最高の山の高原に再び座り、身を清め、合掌し、太陽を喜ばせるために、腕を挙げたまま大地に立ち続けた。その時サンヴァラナは、王宮付きの祭官である最高の聖仙ヴァシシュタを思い起こした。昼も夜もその場に立っていると、十二日目に、ヴァシシュタ仙がやって来た。大聖仙であるヴァシシュタは、神的な方法によって、サンヴァラナ王が太陽の娘に心を奪われたことを知っていた。王が見ている中で、太陽のように輝く聖仙は、太陽神に会うために天上へと向かった。聖仙は合掌して太陽神に近づき、喜びに満ちて、「私はヴァシシュタです」と名乗った。大威光を放つ太陽神はその素晴らしい聖者に言った。「大聖仙よ、良く来られた。望みのままに用件を語りなさい」。

ヴァシシュタは言った。

「タパティーという名のあなたの娘、サーヴィトリの妹を、サンヴァラナのためにあなたから貰い受けたいのです、太陽よ。かの王は誉れ高く、法と実利を知り、知性に溢れています。サンヴァラナはあなたの娘に相応しい夫です」。

このように言われた太陽神は、その王に娘を与えようとすでに心に決めていたので、聖仙を歓迎してこう答えた。

「サンヴァラナは王の中の最高の者。聖者よ、あなたは聖仙の中で最高の者。タパティーは女の中で最も優れた者。どうして他の所に嫁にやろうか」。

そして全身非の打ち所のない身体をしたタパティーを、太陽神は自ら、サンヴァラナのために、偉大なヴァシシュタに引き渡した。聖仙ヴァシシュタは乙女を受け取ると、天界から出発して、世界中に勇名を馳せるサンヴァラナのもとへ戻ってきた。

愛に取りつかれ、タパティーに夢中になっていた王は、微笑み麗しい神の娘がヴァシシュタとともにやって来るのを見て、大変な喜びに震えた。こうして、恵み深い太陽神を苦行によって満足させることで、またヴァシシュタの威光の助けによって、サンヴァラナは妻を得ることができた。

神々とガンダルヴァが行き交うその最高の山で、王は法に従ってタパティーの手を取った。ヴァシシュタの同意を得て、王はその山の中で妻とともに暮すことを望み、都と王国と乗り物と軍隊の支配を大臣に委ねた。ヴァシシュタ仙は王に挨拶をしてから立ち去った。サンヴァラナは不死なる神々のように、その山の中の森林や水辺で十二年の間、妻と共に楽しく過ごした。

一方、その十二年の間ずっと、雷雨の神インドラはサンヴァラナの王国に一滴も雨を降らせなかった。都は飢えと悲しみに溢れ、死体と亡霊と人間が行き交い、まるで悪鬼が跋扈する死神ヤマの王国のような有様であった。そのような都を見て、徳高い大聖仙ヴァシシュタは、十二年間をタパティーと共に過ごしたサンヴァラナ王のもとへ行き、彼を都に連れ帰った。王が再び都に足を踏み入れると、インドラはかつてのように雨を降らせるようになった。こうして、都と王国は徳高い王によって蘇り、最高の喜びに輝いた。王は妻のタパティーと共に十二年間の祭式を行った。その様子は、暴風雨の神であるマルトたちの主として君臨する神々の王インドラのようであった。［1・160～163］

## ◇クル族の系譜と女神たち

太陽の娘タパティーとサンヴァラナ王の結婚から、クルという名前の息子が生まれたが、その子孫たちが、『マハーバーラタ』の中で活躍するクル族の英雄たちである。つまり、この英雄の一族には、太陽の娘の血が流れているのだ。

女神が人間の王と結婚して英雄を産む話は、タパティーの他にもある。サンヴァラナの曾孫シャンタヌと、ガンジス河の女神ガンガーの話だ。すでに第1章の主筋3で紹介した話である。クル族は、太陽と川という自然の領域の力をその血筋の中に織り込んでいるのだ。

### ◇サンスクリット語の美しさとは

日本の文化は、「そぎ落とす」文化であると筆者は考えている。文章は余分なところを削り、できるだけシンプルにする。また筆者は生け花を習っていたことがあるが、そこでもやはり「そぎ落として、可能な限りシンプルにした」美しさが求められていた。

サンスクリット語はそのような日本的な美しさとは正反対的である。装飾に装飾を重ねた美しさを表現しているように見える。ここに訳出したタパティー物語も、そのように非常に装飾が多い。あまりに多いので、これでもかなり省略しているのである。

## ◎挿話2　ティローッタマー

五兄弟がドラウパディーを共通の妻とするにあたって、兄弟間に諍いが起らぬようナーラダ仙が語ったのが次の話である。

ある時スンダとウパスンダという強力なアスラの兄弟が神々との戦いに勝利し、三界を支配して、ほしいままに殺戮を繰り返した。神々はブラフマーのもとへ行って救いを求めた。ブラフマーはアスラの兄弟を滅ぼすために、一人の美しい天女を作ることを決めた。

ブラフマーはヴィシュヴァカルマン（一切造主）を呼び、誰からも望まれるような美しい天女を作るように命じた。ヴィシュヴァカルマンはブラフマーに敬礼し、その言葉を喜んで、非常な努力をして考えてから、天女を創った。そして三界にある動不動の美しいものを、それが何であれ、あちこちから努力して集め、多くの宝を彼女の身体に入れさせた。こうして多くの宝に満ちた神のような姿の女を作った。ヴィシュヴァカルマンの多大な努力によって作られた彼女の姿は、三界のあらゆる女たちの中で、比類ないものであった。彼女の身体には完全な美を備えていない部分は少しもなく、見ている者たちの目が引きつけられない部分はなかった。彼女はシュリーの化身のような美しい姿をして、全ての生類の目と心を奪った。宝の部分（tila）を集めて作られたので、ティローッタマーと、ブラフマーは彼女を名付けた。そして次のように命じた。「行け、ティローッタマーよ、アスラのスンダとウパスンダを、その美しい姿によって魅了せよ。その完璧な姿によって、彼ら二人を対立させせよ」。

ティローッタマーは「そのようにいたします」と約束し、ブラフマーに敬礼してから、神々の集団を右回りに回った。尊いシヴァ神は南方に、東を向いて座っていた。神々は北方にいた。あらゆる方向に聖仙たちがいた。彼女が神々の集団を右回りに回っている時、インドラとシヴァは平静を保っていた。しかし彼女が近くを通ると、どうしても見たいと望んだシヴァに、睫の曲がった南側の顔が生じた。彼女が背後を回っていると、西を向いた顔が生じた。北を通ると、北を向いた顔が生じた。インドラにも、側面と背面と前面に、赤い無数の大きな千の眼が、あらゆる方向に生じた。このようにして、シヴァは四面となり、インドラは千眼となった。神々と聖仙たちの顔は、ティローッタマーが行く全ての方向に向けられた。ブラフマー以外の全ての偉大な者たちの視線は、おびただしく彼女の身体に落ちた。彼女が出て行く時、全ての神々と最高の聖仙たちは、完全な美しさによって目的は果たされたと考えた。ティローッタマーが行ってしまうと、ブラフマーは全ての神々と聖仙の群れを帰した。

二人のアスラは地上を征服し、敵がいなくなり、悩みもなくなり、三界を平定して目的を成就した。神々、ガンダルヴァ、ヤクシャ、ナーガ、王、ラクシャスたちの全ての宝を奪って、彼らは最高の満足に達した。二人を妨げる者がいなくなると、彼らは努力をしなくなり、神のように振舞った。多くの女性、花輪、香、食べ物、飲み物、種々の快適な物によって、最高に楽しんだ。後宮や庭、山、林など、望みの場所で神のように暮らした。ある時彼らは、ヴィンディヤ山の頂の、平らな岩の上にある、先端に花をつけたシャーラ樹の所に遊びに出かけた。全ての望ましい神的な品々が集められると、二人は女たちと共に、喜んで最高の席に着いた。女たちは音楽や踊り、賛美の歌によって、彼らを喜ばせるために奉仕した。

ティローッタマーはその森でカルニカーラの花を摘みながら、一枚の赤い布をしどけなくまとい、二人の大アスラがいる場所に少しずつ近づいて行った。彼ら二人は最高の酒を飲んで、酔って目の端を赤くしていた。そして腰つき美しい彼女を見るや興奮し、立ち上がって座席を離れ、彼女のいるところに行った。二人は愛欲にかられて彼女を求めた。スンダは眉美しいティローッタマーの右手をつかんだ。ウパスンダは左手をつかんだ。酔いと愛欲にとりつかれた彼らは互いに言い合った。スンダは「彼女は私の妻で、お前にとっては目上の存在だ」と言い、ウパスンダは「彼女は私の妻で、あなたの義理の娘だ」と言った。

怒りと愛欲に迷わされた二人は、恐ろしい棍棒をつかんで、私が先だ、私が先だ、と言って、互に殺しあった。二人は棍棒で打ち合い、血にまみれて、天から落ちた二つの太陽のように地面に倒れた。すると、怯えた女たちとダイティヤたちは、落胆し恐怖に震えながら、地下の世界に逃げた。

そこにブラフマーが、神々や大聖仙たちと共に、ティローッタマーを称えるためにやって来た。ブラフマーが願い事を選ぶように言うと、彼女はブラフマーの「喜び」を選んだ。喜んだブラフマーはこう言った。「あなたはアーディティヤの動く世界（天空）を動き回るだろう、美しい女よ。その光輝によって、誰もあなたを良く見ないだろう」。ブラフマーは彼女の望みを叶えた後、インドラに三界を託して、梵界に去った。［1・203～204］

## ◇ティローッタマーとパンドラ

ティローッタマーの神話は、ギリシャ神話の「最初の女」パンドラ創造の話とたいへんよく似ている。

パンドラ創造の神話は、ヘシオドスの『仕事と日々』五九から八九行に記されている。人間のために火を盗んだプロメテウスに激怒したゼウスが、人間に災いをもたらす女を創り出すことを決心した場面である。

父神ゼウスは次のように諸神に命じた。ヘパイストスには急いで土と水を捏ね、その中に人間の声と力を運び入れ、不死の女神の顔に似せて美しく愛らしい乙女の姿を作ることを、アテナには巧緻を極めた布を織る技術を乙女に教えることを、黄金のアプロディテには乙女の頭に愛らしさを注ぎ、耐え難い恋情と四肢を蝕む悩ましさを注ぎ込むことを、また神々の使者ヘルメスには恥知らずな心と泥棒の性を与えることを。

ゼウスがこのように命じると、神々は彼の意向に従った。足なえの神ヘパイストスは急いで土から慎ましい乙女に似せた姿を作り、眼光鋭いアテナは乙女の帯を締めて飾り立て、女神カリスらと主なるペイトは乙女の肌に黄金の首飾りをかけた。髪美しいホライたちは春の花の冠をかぶらせ、パラス・アテナは様々な装飾品を与えた。ヘルメスは乙女の心に偽りと狡猾な言葉と泥棒の性を運び入れ、また乙女に声を与え、彼女をパンドラと名付けた。というのは、日々の糧のために働く人間たちに災いがあるようにと、オリンポスに住まう全ての（パン）神々が贈り物（ドロン）を与えたためである。

このように全く救いようのない策略を完成させた後、父神ゼウスはヘルメスに命じてエピメテウスのもとに贈り物を運んで行かせた。エピメテウスはかつてプロメテウスから、人間たちにとって悪いものが生じることがないように、オリュンポスのゼウスからの贈り物は決して受け取らずに送り返すようにと言われていたのだが、そのことを忘れてこの贈り物を受け取り、その後初めてそれと気づいた。（訳は筆者による）

エピメテウスの家でパンドラは、厳重に蓋のされた一つの甕を見つけ、その蓋を開けて中に封じ込められていた様々な災厄を解放してしまった。そのために人間は病苦に苦しめられることになったと、『仕事と日々』は説いている。ヘシオドスの『神統記』五七〇から五九〇にもパンドラに関する記述が見られるが、ここでは甕を開けるモチーフは記されておらず、女の誕生そのものが人間にとっての災厄となった、と説かれている。

パンドラとティローッタマーの共通点をまとめると、以下のようになる。

① 最高神が、彼と敵対する二人の兄弟への災いとして、一人の美女を創造しようと考える。
② 神々の工匠が呼ばれて、美女を作る。
③ あらゆる神々が彼女に贈り物を与える（ギリシャ）／美女には世界中から集められた宝が入れられる（インド）。
④ そのことに因んだ名が美女につけられる。
⑤ 美女は神々と敵対する兄弟のもとに送られ、破滅をもたらす。

このように多くの共通点が見られることから、これらの話は、インド＝ヨーロッパ語族の原神話に遡る話である可能性が強いと思われる。

注

（1）ジョゼフ・キャンベル著、平田武靖・浅輪幸夫監訳『千の顔を持つ英雄』（上）（人文書院、一九八四年）四五頁。

（2）ドラウパディーの一妻多夫婚問題については、博士論文において詳しく論じた。沖田『マハーバーラタの神話学』（弘文堂、二〇〇八年）。

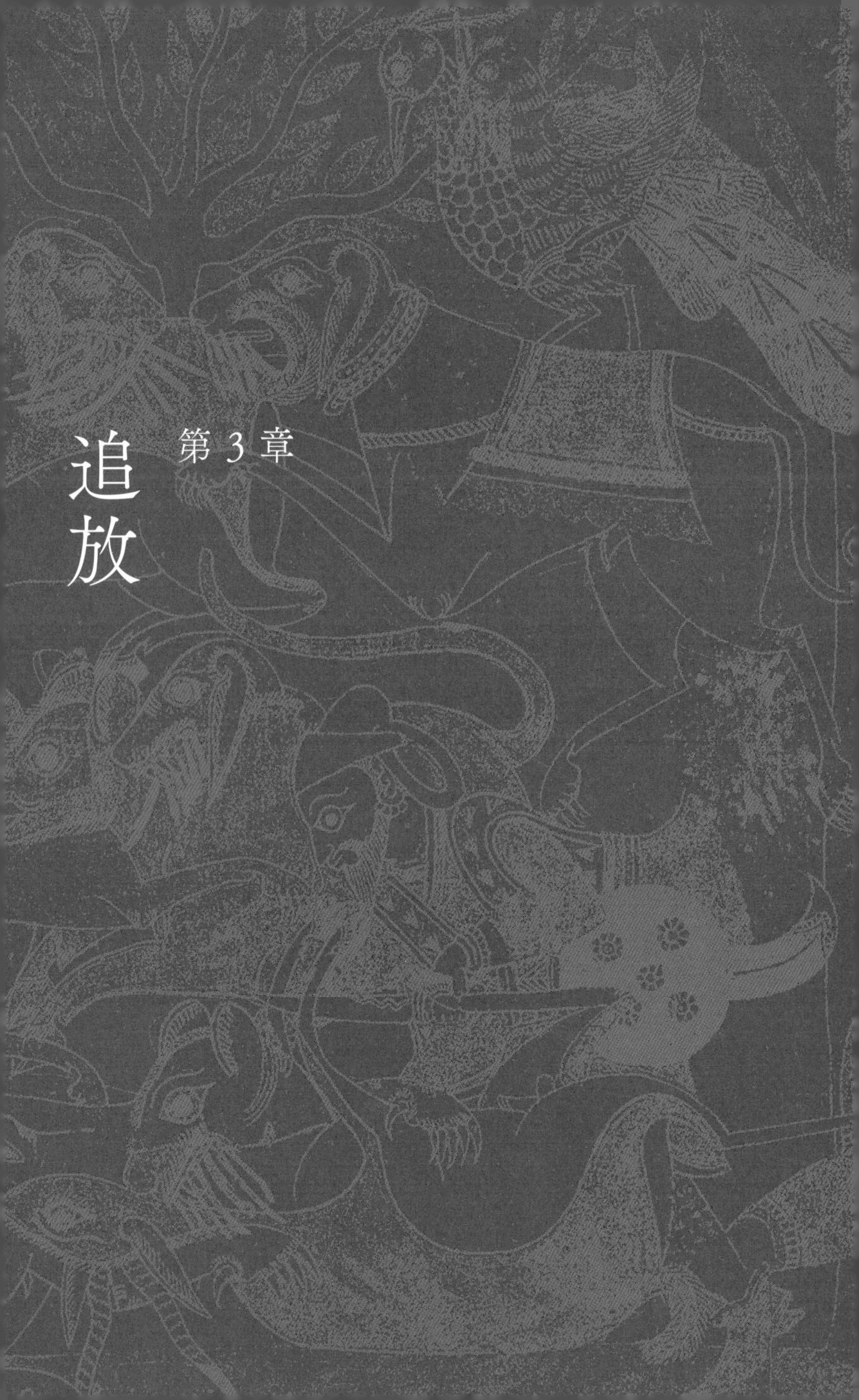

# 第3章 追放

◉主筋1

# アルジュナの放浪2

放浪の旅の途中、ユディシュティラはアルジュナに、インドラ神のもとで武器を得てくるように命令した。

アルジュナは弓と矢で武装して出かけた。彼がヒマーラヤ山とガンダマーダナ山を越えた時、虚空から「止まれ」という声が聞こえた。アルジュナは樹の根元に光輝く一人の苦行者を見た。この苦行者こそ、インドラ神の変身したものであった。彼が願い事を叶えてやると告げると、アルジュナは「あなたから全ての武器を学びたい」と願った。インドラは次のような条件を課した。

わが子よ、もしおまえが生類の主、三眼を持つ者、槍を持つシヴァを見たら、私はおまえに神的な武器を全て与えよう。シヴァ神を見るために努力せよ。クンティーの息子よ、彼を見ることによっておまえは目的を完遂し、天界へ行くだろう。〔3・38・43～44〕

アルジュナはシヴァに会うために、ヒマーラヤの森の中に入った。その時、法螺貝と太鼓の音が天空に鳴り響いた。

アルジュナはその森で激しい苦行を行った。最初の一カ月は、四夜ごとに木の実を食べて過ごした。次の一カ月は、六夜ごとに木の実を食べて過ごした。三カ月目は、十四日ごとに地に落ちた葉を食べて過ごした。四カ月目になると、断食して、足の親指で立ったまま過ごすという苦行をした。

この苦行に満足したシヴァは、狩猟民であるキラータの姿を取ってアルジュナの前に姿を現した。その時、猪の姿をしたムーカという名の悪魔がアルジュナを殺そうとしていた。アルジュナはそれに気づいて弓矢を取って射た。同時にキラータ（シヴァ）も、その猪を射た。多くの矢に射られた悪魔は恐ろしい羅刹の姿に戻って死んだ。

アルジュナは、自分が先に射ようとした羅刹をキラータも射たことに対して、「狩猟の法に反する」として怒った。こうして両者の間に激しい戦闘が行われた。

二人はまず弓矢で戦った。キラータは、アルジュナの必殺の武器であるガーンディーヴァの弓から放たれる矢を、平静に受け止めて無傷で立っていた。これを見たアルジュナは驚嘆し、自分が相手にしているのがシヴァ神その人なのではないかと考えた。アルジュナは矢による攻撃を続けたが、矢が尽きてしまったので、次には刀で戦った。アルジュナが刀をキラータの頭に打ち下ろすと、刀は砕け散ってしまった。最後にアルジュナは、自らの拳でキラータの姿をした神を打った。キラータも、拳でアルジュナに応戦した。二人の戦いはしばらく続いた。

やがて、キラータはアルジュナの身体を押しつぶして、彼の気を失わせた。アルジュナはキラータによって「団子（ピンディー）のように」されてしまった。この戦闘に満足したシヴァは、自らの姿を現した。アルジュナは光輝に満ちた神の姿を見て許しを請うた。シヴァは彼を許し、願い事を叶えてやると告げた。アルジュナは全世界を滅亡させる必殺の武器「ブラフマシラス」を望み、習得した。

シヴァが去ると、アルジュナのもとにヴァルナ、クベーラ、ヤマがインドラとともにやって来て、それぞれがアルジュナに武器を授けた。ヤマは杖を、ヴァルナは輪縄を、クベーラは敵の威力を奪い眠らせるアンタルダーナという武器を与えた。〔3・38〜42〕

アルジュナはインドラの天界に迎え入れられた。〔3・43〕

### ◇アルジュナのイニシエーション

カーンダヴァ森炎上の話（2章主筋5）がアルジュナの第一のイニシエーションであったとすると、この話は彼の二度目のイニシエーションとして位置づけることができる。

シヴァとの戦闘において、アルジュナは「団子」のように丸められた、とされている。これは彼が胎児のような状態に戻されたことを意味していると考えることができる。アルジュナは一度胎児の状態に戻り、象徴的な死を経験して、そこから再び生まれ変わることで、神々の武器を使いこなせるような、さらに強力な戦士となることができたのである。

また、今回の彼のイニシエーションには「聴覚」と「視覚」の要素がでてくる。まず、ヒマーラヤで苦行をはじめる時に法螺貝と太鼓の音が天から鳴り響いた。そして、インドラは息子に「シヴァを見たら」願いを叶えようと約束した。この二つの要素は、次に取り上げるビーマの二度目のイニシエーションにおいても表われる。

主筋2……ビーマとハヌマーン

アルジュナがインドラ神のもとで修業をしている間、残りの四人のパーンダヴァ兄弟とドラウパディーは、聖仙ナラとナーラーヤナの隠棲所の近くにやって来た。その美しい森で快適に過ごしていた時、ドラウパディーは東北の風が運んできた神聖な蓮花サウガンディカを見つけた。彼女はその花をもっと欲しいと望んで、取って来るようにビーマに頼んだ。ビーマは愛しい妻の望みを叶えてやろうと、その花を取りに、花を運んできた風の方向に向かって行った。

彼は道中でバナナの林を見つけ、腕力に任せてその木々を倒して放り投げた。象や獅子などの様々な動物が彼に襲いかかったが、彼は素手でそれらの獣を殺戮した。山の中に湖を見つけると、気の済むまで沐浴してから岸に上がり、再び森に入った。そしてビーマは山に大音響を生じさせた。その様子は、次のように記されている。

それからビーマは、多くの木を抱えるその森にすばやく入って行き、全ての息を使って法螺貝を高らかに吹いた。その法螺貝の音と、ビーマセーナの叫び声、彼の恐ろしい腕の音によって、山の洞窟は鳴り響いた。金剛杵（ヴァジュラ）の打撃にも似た、腕を打つ大音響を聞いて、山の洞窟で眠っていた獅子たちは大きな吠え声を発した。獅子の吠え声に怯えた象たちも、大きな叫び声を発した。その音は山々に溢れかえった。

一方、ハヌマーンという名の巨大な優れた猿は、眠っていたが、その音を聞いてあくびをした。その時彼はバナナの林の中で眠っていたが、あくびをして、掲げられたインドラの旗のように長い尾を打ち振って、インドラの雷電のような音を立てた。彼の尾の音に対し、山は自らの口である洞窟によって、牛の唸り声のように、至る所で音を発した。彼の尾が立てる音は、興奮した象の鳴き声に覆いかぶさり、多彩な山の峰々に響きわたった。〔3・146・55〜62〕

こうしてビーマは自分と同じく風神ヴァーユを父とする神猿ハヌマーンに出会った。ビーマは、はじめはその猿が兄のハヌマーンであることが分からず、高圧的な態度を取って猿に道を譲るように言った。すると猿は、自分の尾をどけて道を通るように告げた。ビーマは猿の尾をどかそうとした。その様子は、次のように述べられている。

ビーマは見下して笑いながら、左手で大猿の尾をつかんだが、動かすことはできなかった。再びビーマはインドラの武器のようにそびえる尾を両腕で持ち上げようとしたが、大力のビーマの両腕でも持ち上げることはできなかった。ビーマは眉をつり上げ、目を丸く見開き、眉をひそめて、体中汗にまみれたが、持ち上げることはできなかった。栄光あるビーマは努力をしたが、尾を持ち上げることができず、猿の近くに立って恥じて下を向いていた。〔3・147・17〜20〕

ビーマはその猿が兄であることを知り、「ラーマーヤナ」に語られているような活躍をした、太古の姿を見せてくれるように懇願した。ハヌマーンは弟の望みに答えて、神的な姿を顕示した。その様子は、次のように語られている。

弟を喜ばせようと、彼は非常に大きな身体になった。彼の身体は、背丈も幅も非常に増大した。偉大な光輝を有するその猿は、身体をバナナの林に広げ、山のように増大して立っていた。その猿は山のような巨大な身体を増大させ、赤い眼をし、鋭い牙を持ち、目をしかめ、長い尾を波打たせ、あらゆる方向に遍在して立っていた。兄のその巨大な姿を見て、ビーマは驚き、何度も喜んだ。その輝きのために太陽に似た、黄金の山のような、輝く天空のような彼を見て、ビーマは眼を閉じた。〔3・149・3〜7〕

自らの姿を現した後、ハヌマーンは巨大な身体を小さくしてビーマを抱きしめ、森を出て自分の住処に帰るように諭し、ビーマの願いを聞いて叶えてやった。

### ◇ビーマのイニシエーション

兄神との出会いが、ビーマの二度目のイニシエーションとなった。その特徴は、アルジュナの場合（3章主筋1）と同じく、「聴覚」と「視覚」である。森に入ったビーマは大音響を生じさせた。

さらにそのあと、ハヌマーンがより大きな音響を生じさせた。

視覚も重要である。アルジュナのイニシエーションはシヴァの神的な姿を「見る」ことにあったが、同様にビーマも、兄神の神的な姿を「見る」ことに成功している。

## ◉主筋3……ドゥルヨーダナの牧場視察

ドリタラーシュトラ王はパーンダヴァとドラウパディーの森での生活の様子を聞いて悲嘆にくれていた。それを見たカルナとシャクニの提案に応じて、ドゥルヨーダナは森に住むパーンダヴァたちに富み栄える自身の姿を見せつけるため、牧場視察という名目のもと、多くの従者と女たちを連れて、乗り物とともに、ドゥヴァイタの森に出かけていった。

ドゥルヨーダナはその美しい森に至ると、半神族のガンダルヴァたちが占拠している泉の近辺に娯楽の家を建てようと、無謀にもガンダルヴァたちに戦いを仕掛けたが、敗北して捕虜にされてしまった。戦いに敗れて逃げてきたドゥルヨーダナ軍の兵士と顧問たちは、パーンダヴァに助けを求めに行った。ドゥルヨーダナとその兄弟が惨めにも捕虜になったという話を聞くと、ビーマは、ガンダルヴァが自分たちの代わりに悪者たちを成敗してくれたと大喜びしたが、ユディシュティラは、助けを求める一族の者を見捨ててはならないと言って「親族の法」を主張し、弟たちにドゥルヨーダナたちを助けるためにガンダルヴァと戦うことを命じた。

ガンダルヴァとの激しい戦いが始まったが、パーンダヴァの勝利に終わり、ユディシュティラの願いでドゥルヨーダナは解放された。

ユディシュティラに命を助けられたことを恥じたドゥルヨーダナは、断食して自殺することを決意した。そのドゥルヨーダナをアスラたちが地底界に連れて行き、自殺を思いとどまらせるために、次のように言った。

「かつて我々は苦行を行い、シヴァ神からあなたを得た。あなたの上半身は全て、多くのヴァジュラから作られた。それは武器によっても傷つけられない。あなたの下半身は、女神によって花で作られた。それは美しさのために女性の心を惹き付ける」。〔3・239・6～7〕

それを聞いてドゥルヨーダナは再びパーンダヴァを滅ぼす決意を固くした。彼はかつてユディシュティラが行ったラージャスーヤ祭の代わりに、「土地を耕す」ヴァイシュナヴァという祭式を執り行った。ヴィシュヌ神をのぞいて、かつてそれを行った者はいなかった。黄金の鋤が作られ、多くの財宝でもって客人たちが歓待された。〔2・224～241〕

### ◆ドゥルヨーダナと「豊穣」

ドゥルヨーダナは単なる敵役というだけではなく、重要な機能を物語の中で担っている。彼には「財宝」があり、彼が執り行った祭式は鋤に象徴される「土地を耕す」祭式であった。また彼の下半身は女神によって花で作られたとされるが、これは彼自身の生殖能力の高さを示している。これらのことから、ドゥルヨーダナには「豊穣・生産」の機能が見て取れるといえる。

## ◉主筋4　カルナ、耳輪を奪われる

インドラ神はパーンダヴァのためによかれと思い、カルナから耳輪と鎧を奪い取ることを考えた。それを察知した太陽神は、自ら息子の夢に現れ、それらを決して与えぬよう忠告した。しかしカルナは、「乞われれば必ず、何であっても、その者にそれを与える」という誓いを守っていたので、インドラが乞えば、名誉にかけて拒絶しない、と言った。太陽神は、それならばかわりに「的を外すことのない槍」をインドラからもらい受けるように教えた。カルナはその槍を切望した。

インドラはバラモンに変装してカルナのもとにやって来て、耳輪と鎧を施物として求めた。カルナは他の物を与えると言ったが全て拒まれた。彼を不死身にしている耳輪と鎧を与えるわけにはいかなかった。しかしインドラが決して折れないのを見て取ると、交換の品を求めた。インドラは、自分のヴァジュラを除いて、何でも与えると約束した。

カルナは「決して的を外すことのない槍をください」と言った。インドラは承知して、「その槍は、おまえの手に渡ると、一人の強力な敵を殺してから、私のもとに戻ることになる」と言った。

カルナは槍を受け取ると、耳輪と鎧を自ら刀でもって身体から引き裂いた。この行為のために彼はヴァイカルタナ（「切り取る者」）と呼ばれるようになった。

インドラは満足して天界へ帰った。

## 主筋5　夜叉の問いとユディシュティラ

兄弟たちがドゥヴァイタの森に滞在している時、彼らのところに一人のバラモンがやって来て、鹿に奪われてしまった祭式の道具を取り戻してほしいと頼んだ。兄弟は急いで鹿を追ったが、途中で見失い、奥深い森に取り残された。喉が渇いたので水場を見つけようと、ユディシュティラはナクラに命じて彼を木に登らせ、水場を探させた。近くに湖を見つけたので、ナクラは兄の命令で急いでそこへ走って行った。そこでナクラは水を支配するヤクシャ（夜叉）に遭遇した。その場面は、以下のように記されている。

ナクラは鶴に取り囲まれた清らかな湖を見て、水を飲みたいと思った。その時、空中から声が聞こえた。「おい、強引に奪ってはならない。これは私が先に所有したものだ。マードリーの息子よ、質問に答えてから、水を飲み、持って行きなさい」。しかしナクラはとても喉が渇いていたので、その声を無視して、冷たい水を飲み、倒れた。〔3・296・11～13〕

ナクラがなかなか帰って来ないので、心配したユディシュティラは末弟のサハデーヴァに様子を見に行かせた。サハデーヴァは水辺で兄が死んで倒れているのを見て悲しみに暮れたが、とても喉が渇いていたので、湖から水を飲もうとした。するとナクラの時と同じことが起こり、サハデーヴァも声を無視して水を飲んだので死んで倒れてしまった。同じように、アルジュナとビーマも水を飲み、倒れた。最後にユディシュティラが水辺へ行った。夜叉はユディシュティラに、質問に答えてから水を飲むように言った。ユディシュティラは承諾した。こうして両者の間に多くの問答が交わされた。その問答とは例えば、次のようなものであった。

ヤクシャは言った。「何が太陽を昇らせるのか。それと共に歩むのは何か。何がそれを沈ませるのか。何においてそれは安立しているのか」。

ユディシュティラは答えた。「ブラフマーが太陽を昇らせる。神々がそれと共に歩む。ダルマ（法）がそれを沈ませる。真実においてそれは安立する」。［3・297・26～27］

ヤクシャは言った。「大地よりも重いものは何か。天空よりも高いものは何か。風よりも速いものは何か。人間よりも数の多いものは何か」。

ユディシュティラは答えた。「大地よりも重いものは母である。天空よりも高いものは父である。風よりも速いものは思考である。人間よりも数の多いものは心配である」。［3・297・40～41］

このような問答が続けられ、最後にヤクシャは次のような質問をした。

ヤクシャは言った。「勇士よ、おまえは私の問いに正しく答えた。次に人間について語れ。また、あらゆる富を有する人間とは何か」。

ユディシュティラは答えた。「清らかな行為の名声は天と地に届く。その名声のある限り、人間と呼ばれる。好ましいことと好ましくないことが等しく、幸福と不幸も等しく、過去と未来も等しい、それがあらゆる富を有する人間である」。［3・297・62～64］

この答えに満足したヤクシャは、弟たちのうち一人を生き返らせてやると言った。するとユディシュティラは、母を同じくするビーマやアルジュナではなく、異母兄弟のナクラを生き返らせるように求めた。彼は「温情」のダルマを説き、二人の母クンティーとマードリーを平等にしたいためであると説明した。これを聞いたヤクシャは、全ての弟たちを生き返らせ、自らの正体を明かした。このヤクシャはユディシュティラの実の父、ダルマ神であった。ダルマはユディシュティラに三つの願いを叶えてやった。

### ◇ユディシュティラのイニシエーション2

この話については、ケルトの王権神話と比較することによって、その意味が明らかになるものと思われる。以下のような話である。(1)

ダーレ王にはルギドという同じ名の五人の息子がいた。彼らのうち、黄金に輝く小鹿を得た者が王位を継ぐという予言がなされた。ある時五人の王子たちは従者を連れれて、馬を駆って出かけた。小鹿を見つけて追っているうちに、濃い霧が出てきて、王子たちは従者と引き離された。ついにルギド・ライグデが鹿を捕らえて殺した。大雪が降ってきたので、王子の一人が避難場所を探しに行った。彼は火が焚かれ、食べ物とビールが豊富に用意された家を見つけた。そこには一人の醜い老婆がいた。彼女は、もし自分と床を共にするならば、ベッドを貸そうと言った。王子は拒んだ。ルギド・ライグデを除く他の王子たちも、次々とその家に行ったが、誰もそこで夜を過ごさなかった。最後にルギド・ライグデが家に入り、老婆と共にベッドに行った。すると驚くべきことに、老婆の顔は五月の朝の太陽のように輝き、芳香にあふれていた。ルギドは彼女を抱きしめた。彼女は言った、「私は王権です。あなたはアイルランドの王位を得るでしょう」。

この話は、以下の八項目において、ユディシュティラの話と似ている。

① 兄弟の王子たちが鹿を探して森をさまよう
② 飢えと渇きを覚える
③ 家／湖で、老婆（ケルト）／ヤクシャ（インド）に会う
④ 家／湖の主は、兄弟たちに食糧や水を飲食するための条件を提示する
⑤ 兄弟たちは次々に条件を拒む
⑥ 最後の一人が条件を受け入れ、試練に成功する
⑦ 老婆／ヤクシャが、実は女神／神の変身した姿であったことが明かされる
⑧ 試練に成功した王子が、将来王権を得ることになる

さらにケルトの場合では、王権女神のもう一つの姿であるとみなされる神的な小鹿が女神の出現の前兆のように現れていたが、『マハーバーラタ』のこの話でも、最初にバラモンの祭式の道具を持ち去ってパーンダヴァを湖に導いた鹿は、湖でヤクシャに変身してパーンダヴァに試練を課したダルマ神の変身したものであった。

つまりユディシュティラも、ケルトの王子も、同じ構造の話の中で、王権にふさわしい資質を備えているかどうかを試されている。

## ◉主筋6……ヴィラータ王宮での変装

放浪の旅の最後の一年間を誰にも正体を見破られずに過ごすために、パーンダヴァはマツヤ国のヴィラータ王の宮殿に、それぞれの長所を生かした変装をして潜り込むことにした。この時どのような変装をするか、各々が次のように説明した。

ユディシュティラ

「私はカンカという名の、骰子に精通した、賭博を好むバラモンとなって、かの偉大な王の宮殿に仕える者になろう。猫目石や黄金や象牙（の骰子）と、輝いて好ましい木の実の骰子、黒色や赤色の魅力的な（骰子を）、私は転がそう。もし私について王に聞かれたら、私はかってユディシュティラの親友であったと答えよう」。［4・1・20～22］

ビーマ

「私はバッラヴァという名の、王宮の厨房の長であると称して、ヴィラータ王に仕えよう。これが私の考えである。私は彼のためにスープを作ろう、私は台所において巧みである。以前に王の香辛料を作っていた熟練の調理人たちをも凌駕して、王を喜ばせるだろう。私は大きな薪の束を運ぼう。その大仕事を見て王は喜ぶだろう。強力な象や力強い雄牛たちがもし私によって制御されるべきなら、私はそれらを制御しよう。闘技場で挑戦してくる格闘士は誰であれ、その者たちを私は倒すだろう、そして王の喜びを増大させるだろう。しかし私は、それらの格闘士たちを決して殺さない。死に至ることのないように、彼らを倒す。私はユディシュティラの料理人で牛の屠殺人、スープ作り、格闘士であったと、尋ねた者たちに答えよう」。［4・2・1～7］

アルジュナ

「王よ、私は女形（宦官）であると称します。両腕の大きな弓弦の傷跡を隠すことは難しいので。私は両耳に火のような耳輪をつけて、髪を結い上げ、ブリハンナダーと名乗ります。私は女となり、何度も物語を語って、王とその他の後宮の人々を楽しませます。歌や様々な踊り、種々の楽器を、ヴィラータ王宮で女たちに教えます。臣下たちに礼儀作法や仕事のやり方をたくさん教えます。マーヤー（幻力）によって私は自分で自分を隠しましょう。王に聞かれたら、ユデシュティラの屋敷でドラウパディーの従者として住んでいたと答えます。このような方法で詐術が行われることにより、ナラ王のように、ヴィラータの王宮で私は幸福に過ごします」。［4・2・21～27］

ナクラ

「私はヴィラータ王の馬丁になりましょう。グランティカと名乗ります。私にとってこの仕事は好ましいものです。私は馬の調教と馬の治療に秀でています。私にとって常に、馬は愛しいものです。クルの王よ、あなたと同様に。ヴィラータ王の都で人々が私に尋ねたら、その者たちに私は（兄たちと）同様に答えましょう。私は快適に過ごします」。〔4・3・2〜4〕

サハデーヴァ

「私は大王ヴィラータの牛飼いになります。牛を守り、乳を搾ります。私は牛たちの数を数えることに巧みです。タンティパーラと名乗ります。あなたに知っておいてもらえますよう。うまく立ち回ります。あなたの心の苦悩が去りますように。以前私は常に牛に関することであなたに使われていました。そこで私の技術と仕事が習得されました。牛たちの特徴、行動、瑞相、それら全てが私にとって良く把握されています。その他のことも。王よ、私は誉れある特徴を有する雄牛たちについても知っています。その牛たちの尿を嗅げば、不妊の牝牛たちでさえも孕むのです。私はこのようにして暮らします。これは私にとって常に楽しいことですから。他人が私であると知ることはないでしょう。このことがあなたに賛同してもらえますように、王よ」。〔4・3・6〜11〕

ドラウパディーはサイランドリーと名乗って王妃スデーシュナーの侍女となった。ところがヴィラータ王の将軍で王妃の弟であるキーチャカがドラウパディーに懸想した。ドラウパディーはガンダルヴァたちが自分の夫であると言って拒絶した。しかし弟を哀れんだ王妃の命令でドラウパディーはキーチャカに酒を運んで行った。やって来たドラウパディーの右手を、キーチャカがなでた。ドラウパディーはふるえあがってキーチャカを地面に突きとばしてユディシュティラのいる集会場に助けを求めて駆け込んだ。キーチャカはドラウパディーの髪をつかみ、つきたおし、足で蹴った。

ユディシュティラとビーマはその様子を見て我慢できなかった。とくにビーマはキーチャカを殺そうとしたが、ユディシュティラに制止された。

ドラウパディーは密かにビーマに会いに行き、長々と嘆いてみせた。ビーマはキーチャカを殺す約束をした。

彼はサイランドリーの名前でキーチャカを呼び出すと、夜闇にまぎれて彼におそいかかり、格闘の末、彼の両足と両手と頭と首を、全て胴体の中に入れて肉団子のようにした。

ドラウパディー、しぶしぶ
キーチャカに酒盃を持っていく

ドラウパディーはガンダルヴァがキーチャカを成敗したのだと皆に告げた。その後、キーチャカの一族もビーマによって滅ぼされた。

この事件におそれをなしたヴィラータ王はサイランドリーに王国から退出するよう頼んだが、彼女はあと十三日間、大目にみてくれるよう願った。

十三年目が終わろうとしていた。［4・1〜23］

## ◉主筋7……………ウッタラ王子とブリハンナダー

十三年の追放期間は終わっていた。

一方、マツヤ国の将軍キーチャカが殺されたことを知ったクル王国は、この好機にマツヤ国に攻め入って征服することを決断した。クル族はトリガルタ軍と連合して攻め入ることにした。トリガルタ軍はヴィラータ王の十万頭の牛を奪った。ヴィラータ軍はアルジュナを除くパーンダヴァと共にトリガルタと戦った。

その頃、クル軍はマツヤ国に侵入し、六万頭の牛を奪った。牛を管轄する長官は王宮に行き、そこにいたウッタラ王子に窮状を訴えた。王子は出陣にあたり、「アルジュナの御者」を名乗ってい

**アルジュナとウッタラ王子、クル軍と戦う**

た女形のブリハンナダー（変装したアルジュナ）に御者になってくれるよう頼んだ。ブリハンナダーはクル軍に向けて馬を駆り立てた。

そこで両者はクルの大軍を見た。マツヤの軍は全てトリガルタの方へ回っていた。ウッタラ王子は単騎でクルの大軍と戦うなど無謀だと言って怖じ気づき、引き返すようブリハンナダーに言った。ブリハンナダーはこう言って王子を叱咤激励した。

「クシャトリヤが逃げるなど前代未聞。恐れて逃げるより、戦って死んだほうがよい」。

彼女（彼）は逃げるウッタラを捕まえると、彼を御者にして自分が戦うことにした。まずアルジュナは一年前に武器を隠したシャミー樹のところへ行き、ガーンディーヴァなどの武器を取り、ウッタラに正体を明かした。自分がアルジュナであることを明らかにするため、自らの十の異名を述べた。

ウッタラは恐怖を捨て、アルジュナとともにクル軍へと進軍した。

クル軍は陣形を整えて迎え討った。アルジュナは無数の矢で敵を駆逐し、牛を取り戻し、なおも戦った。カルナがアルジュナと戦ったが、矢に追い立てられて退却した。クリパ、ドローナ、アシュヴァッターマンとも戦い、彼らを退けた。ビーシュマとも交戦したが彼を弓で傷つけた。クル軍は退却した。

パーンダヴァはそろってヴィラータ王に正体を明かした。ヴィラータは感激し、娘のヴッタラーをアルジュナに与えた。アルジュナは彼女を自分の息子アビマニユの妻とした。［4・24～67］

### ◇アルジュナの10の異名

1 「ダナンジャヤ」財産を勝ち得た者
2 「ヴィジャヤ」敵を征服せずに引き返すことはない
3 「白馬の戦士」戦車につながれている馬が白馬だから
4 「パルグナ」ウッタラ・パルグニーとプールヴァ・パルグニーという星宿が上昇星にあるときに誕生したから
5 「キリーティン」インドラが彼に王冠（キリータ）をかぶせたから
6 「ビーバツ」決して忌まわしい（ビーバツァ）行為を行わないから
7 「サヴィヤサーチン」両手で弓を引くことができるので「左利き」と呼ばれる
8 「アルジュナ」純粋な白い行為をするから
9 「ジシュヌ」敵を破る者だから「勝利者」と呼ばれる
10 「クリシュナ」父が黒い肌の子が好きだったから

［4・39］

## ◎挿話1……ナラ王物語

アルジュナが修行に出かけている間、残りのパーンダヴァとドラウパディーはカーミヤカの森に滞在し、心細く寂しい思いでいた。そこにやって来たブリハドアシュヴァ仙が、ユディシュティラよりも不幸な王がかつていた、という話をして彼をなぐさめた。これが次に紹介する「ナラ王物語」である。

ヴィダルバ国のダマヤンティー姫はハンサ鳥（ガチョウの一種）からニシャダ国のナラ王の噂を聞き、恋煩いに陥っていた。父王は娘の様子を見て、婿選び式スヴァヤンヴァラを行うことにした。スヴァヤンヴァラの会場には、ナラ王のほかに、インドラ神、火神アグニ、水神ヴァルナ、死神ヤマといった神々も来ていた。彼らは皆、ナラ王とそっくりな姿に身を変えていた。その中からダマヤンティーは愛するナラ王を夫に選んだ。神々は両者を祝福し、贈り物を与えて去った。

ナラ王とダマヤンティーはしばらくの間幸福に暮らした。ところが二人の結婚に怒りを持っていた悪神カリがナラ王に憑りつき、ナラと、彼の弟でカリに唆されたプシュカラとの間で賭博が行われ、ナラ王は負け続けて王国と全財産を奪われた。彼は一枚の衣のみをまとって王宮を出た。ダマヤンティーも一衣のみで夫に従った。

森の中でナラ王は妻のためを思って、眠っている間に彼女を置き去りにした。ダマヤンティーは夫を探して森をさまようちに隊商の列に行き当たり、彼らに連れられてチェーディ国へ行き、王母のもとに身を寄せることになった。

一方ナラ王はカルコータカ竜の力によって姿を変えてアヨーディヤーの王リトゥパルナのもとで馬術の師として仕えていた。

ダマヤンティーは父王ビーマに発見され、故国に帰った。彼女はナラ王を探すために二度目のスヴァヤンヴァラを行うことを布告した。ナラ王は、密かにヴィダルバ国に来ていた。彼は体内にいたカリを追い出し、リトゥパルナ王から賭博の神髄を伝授されていた。二人はめでたく再会した。ナラ王は妻を連れて国に帰り、プシュカラと再度賭博を行い、王国を取り戻した。二人は双子の子どもたちとともに幸福に暮らした。［3・50～78］

### ◇挿話と主筋の類似

この挿話は主筋の物語とよく似ている。主人公たちは賭博によって王国を追われ、森で放浪生活を送るが、最終的に王国を取り戻す。また放浪する王妃ダマヤンティーはドラウパディーと共通項を持つ。

◎挿話2……サガラ王の息子たち

インドラ神のもとで修行中のアルジュナ以外のパーンダヴァが、聖地巡礼の途中でローマシャ仙から聞いたのが、以下のようなサガラ王の物語である。

イクシュヴァークのサガラ王には、ヴァイダルビーとシャイビヤーという二人の妻があったが、子に恵まれなかった。彼は妻たちと共にカイラーサ山に行って苦行を行なった。この苦行に満足したシヴァは、一人の妻に六万人の勇猛で戦自慢の息子を恵んだが、彼らは全滅する運命にあると告げた。そしてもう一人の妻に家系を担う勇士が誕生すると告げた。サガラ王は二人の妻と共に王宮へ帰った。

やがてヴァイダルビーは瓢箪の形をした胎児を産んだ。シャイビヤーは神々しい姿の息子を生んだ。王は瓢箪を捨てる決心をしたが、天からの声が次のように告げた。「息子たちを捨ててはならない。瓢箪から種を取り出し、ギーに満ちた、温かく湿った器の中に一つずつ入れて、これを注意深く守れば、六万人の息子を得るだろう」。

そのとおりにして、六万の息子を得たが、彼らは残酷で乱暴で、神々と全ての生類を怖れされた。ある時この息子たちは、サガラ王のアシュヴァメーダ（馬祀祭）の馬を探して地底に行き、そこで聖仙カピラの怒りを買って全滅した。

一方、シャイビヤーの息子アサマンジャスは、市民を虐待したために都から追放されていた。アサマンジャスの子アンシュマットは父の馬を探してカピラ仙のもとに行き、彼に丁重に挨拶をした。これを喜んだカピラ仙は、アンシュマットの望みを聞いた。アンシュマットは祖父の馬と、六万人の叔父たちを清めるための水を選んだ。カピラはアンシュマットを祝福した。「あなたには、忍耐と法と真実とが確立している。あなたにより、サガラは目的を達成した。あなたによって、父は真に息子を持った」。アンシュマットは祖父の王位を継ぎ、大地を支配した。［3・104～106］

### ◇「海」の語源

サンスクリット語で海のことを「サーガラ」というが、その語源がサガラ王の名にあると説明されている。サンスクリット語では母音の長短によって単語の意味が変わる。ごく簡単に説明すると、最初の短母音を長母音にすることで、「そのものに属する」などの意味に変わる。「サーガラ」は「サガラに由来する」くらいの意味である。通俗的な語源解釈である。

## ◎挿話3……ソーマカ王の一人息子

次の話も、聖地巡礼の途中でローマシャ仙により語られた話である。

ソーマカという名の徳高い王がいた。彼にはふさわしい百人の妻がいた。彼は息子を得るために妻たちに対して大変な努力をしたが、長い時間が過ぎても一人も授からなかった。彼は年老いても精力的に努力をしていた。ある時、百人の妻の一人にジャントゥという名の息子が生まれた。母たちはいつも皆でこの子を取り巻いていた。彼の望むこと喜ぶことをしながら、常に後ろからついてまわった。

ある時、雌蟻がジャントゥの尻に噛みついた。噛まれた子どもは苦痛のために泣いた。すると母たちも皆ひどく悲しんで、ジャントゥを囲んで泣いた。その声は騒々しいものだった。王は、大臣たちとの集会で祭官たちと座っていた時に、突然起ったその悲歎の声を聞いた。王は何事かと思って人を遣った。息子に起ったことを従者が語った。勇猛なソーマカ王は急いで立ち上がり、大臣たちと共に後宮に入り、息子をあやした。息子の機嫌を取ってから後宮を出ると、王は大臣を伴って、祭官たちと座った。

ソーマカ王は言った。「ああ、一人息子とは！　息子などいない方がまだいい。生類は常に苦しむものだから、一人しか息子がいないことは悲しい。バラモンよ、この百人の妻は厳選して集められた。そして息子を望む私と結婚した。しかし彼女たちは妊娠しなかった。私は全ての妻に対して努力したのに、どうにか一人息子のジャントゥが生まれただけだった。何という不幸か。これ以上不幸なことがあるだろうか。私と妻たちは年を取った。最高のバラモンよ、彼女たちと私の生命はあの一人息子に依存している。百人の息子が生まれるような、適切な祭式はあるだろうか。その祭式は、大きなものでも小さなものでも、行いがたいものでも良いから」。

祭官は言った。「百人の息子が生まれるような祭式があります。もしあなたがその祭式を行えるなら、それについて話しましょう、ソーマカ王よ」。

ソーマカは言った。「なすべきことでも、なすべきことでなくとも、百人の息子が生まれる祭式を必ず行う。尊者よ、私に語れ」。

祭官は言った。「王よ、あなたは、私が祭式を行っている時に、ジャントゥを犠牲としなさい。そうすれば、遠からず、あなたに誉れある百人の息子が生まれるでしょう。脂肪が火に供されている時、母たちはその煙を嗅ぐことで、非常に強力で勇敢なあなたの息子たちを産むでしょう。あなたの息子のジャントゥも、再び同じ母に生まれます。彼の左脇には黄金の印があるでしょう」。

ソーマカは言った。「バラモンよ、行うべきことは何でも行いなさい。息子を得るために、あなたの言葉を全て実行しよう」。

祭官はジャントゥを犠牲としてソーマカ王に祭式を執り行わせた。母たちは息子を憐れんで強く引き止めた。「ああ、私たちは死んでしまう」と言って泣きながら、激しく悲しんだ。母たちは彼の右手を掴んで引っ張った。祭官は左手を掴んで引き戻した。母たちが雎のミサゴのように悲しんでいる間に、祭官は息子を引っ張って、儀軌に従って彼を細かく切り刻み（犠牲にし）、彼の脂肪を火に供えた。脂肪が火に供えられている間、母たちはその匂いを嗅いで、苦しみながら突然地面に倒れた。そして全ての妻たちは胎児を孕んだ。十月を経て、ソーマカの全ての妻たちに完全な百人の息子が生まれた。ジャントゥは長男として同じ母から誕生した。彼は母たちにとって、他の自分たちの息子以上に愛しいものだった。彼の左脇には黄金の印があった。彼は美質を有し、百人の中で最も優れていた。

### ◇「息子」を望むわけ

ソーマカ王は息子を、それも多くの息子を切望したのであるが、なぜそれほどまでに息子にこだわるのか。それは、祖霊崇拝と関連がある。人は死後祖霊となって、息子をはじめとする子孫に養われると考えられていたのだ。もし子孫が絶えるようなことがあれば、祖霊は飢えてしまう。そのことがたいへん恐れられていた。そこで、どうしても祖霊祭を行う「息子」が必要で、さらには、子孫が未来永劫絶えることのないよう、「多くの息子」が求められたのである。

## ◎挿話4　カリ・ユガの終末

ユディシュティラは長寿のマールカンデーヤ仙に、彼がかつて見たという宇宙期（ユガ）の終わりを語るよう求めた。マールカンデーヤは語った。

カリ・ユガが終わりに近づくと、すべてが悪くなる。人々は嘘つきになり、四つのヴァルナ（身分）は混乱し、バラモンもクシャトリヤもヴァイシャもシュードラも己のダルマを捨てる。生き物が増え、女たちは多産になり、地方には塔が林立し、四つの辻はジャッカル（あるいは死体）に満ち、牝牛はわずかな乳しか出さず、樹木はわずかな花と実しかつけない。インドラ神は季節に応じた雨を降らせず、すべての種子は正しく成長しない。

（以降、およそ三十詩節にわたって世界の衰退の様子が描写される。［3・186・24～55］）

いよいよユガの終わりに至ると、長年にわたる旱魃が生じる。地上の生物たちは気力を失い、飢え、ほとんど滅亡する。七つの燃え立つ太陽が海や川のすべての水を呑み干す。乾いたものも湿ったものも、全てが灰燼に帰す。そして劫火（サンヴァルタカ）が世界に襲いかかり、大地を裂いて地底に入って竜の世界を焼き、地下にあるすべてのものを滅ぼす。燃え上がる火は、神、アスラ、ガンダルヴァ、夜叉、蛇、羅刹など、一切を焼く。

そのあと、稲妻に取り囲まれた多彩な色をした様々な形の雲が立つ。その雲は恐ろしい音を響かせて天地を覆い、全地を洪水で満たし、恐ろしい火を消す。大雨は十二年間続き、海は氾濫し、山々は砕け、大地も砕ける。雲は強風に打たれて突然姿を消し、空も無く、世界は大海原に帰す。［3・186・56〜78］

### ◇カリ・ユガの終末と乳海攪拌神話

このカリ・ユガの終末は、主として次の要素から成り立っている。

1　人間世界の堕落と混乱
2　旱魃と火による世界炎上
3　雲の発生と大洪水

これらの要素のうち2と3、つまり火と雲と大雨の発生は、乳海攪拌神話（1章挿話3）において、二度繰り返して表れている。第一に、神々とアスラがヴァースキ竜王を引いた時、竜の口から炎を伴う煙が発生し、煙の塊が雷光を伴う雲になり、雨を降らせた［1・16・15〜16］。第二は、山と海が攪拌されている時、摩擦から火が生じてマンダラ山を炎上させると、インドラが雲より生じた水によって火を鎮めた［1・16・22〜24］。つまり乳海攪拌神話でも、火と水の要素がこの順番で出てきており、カリ・ユガの終末と一致している。

## ◎挿話5……蛙の奥方

イクシュヴァーク家のパリクシット王が森で狩りをして、蓮池のほとりで休んでいた時、一人の美しい娘を見た。王が娘に求婚すると、彼女は「私に水を見せてはならない」という条件で承諾した。

二人は王国に帰り、しばらくの間楽しく暮らした。

ある日二人は大臣が王宮内に作った「水のない森」を散策していた。するとあずまやの中に池を見た。王は妃に「池の中に入りなさい」と言った。妃は池に入ったきり、戻ってこなかった。あちこち探した末に王が池の水を抜くと、そこに一匹の蛙がいた。

王は蛙が妃を呑み込んだものと思い、蛙を呪い、すべての蛙を殺すよう命令を出した。蛙の大殺戮が行われた。蛙の王は苦行者の姿をして王のもとへ行き、真実を語った。彼は蛙の王で、王妃となった女は彼の娘スショーバナーで、人間の王をだます悪い癖があるのだという。王が妃を戻して下さいと言うと、蛙の王は娘を王に与え、「お前は王たちをだましたから、その報いにより、お前の子どもたちは敬虔なものにはならないだろう」と言った。王は嬉し涙を流して妃との再会を喜んだ。二人の間にシャラ、ダラ、バラの三子が生まれた。〔3・190〕

◆さまざまな禁忌

この話は、人間の王と水に属する女性との異類婚という点で、シャンタヌ王とガンガー女神との結婚や、プルーラヴァス王とアプサラスのウルヴァシーとの結婚、日本ではホヲリと海の神ワタツミの娘トヨタマビメとの結婚に似ている。

「水を見せてはならない」という「見せるなの禁」は、ウルヴァシーの「あなたの裸を見せるな」という禁と似ている。水に関連する禁止としては、「水の上で私を罵ってはならない」という禁止を課したフーケのウンディーネを思い起こす。

## ◎挿話6 スカンダの誕生

女神スヴァーハーは火神を愛していたが、火神は七聖仙の妻たちに恋心を抱いていた。そこでスヴァーハーは、七仙の妻たちの姿をとって火神に近づくことにし、まずアンギラス仙の妻シヴァーの姿になって火神のそばへ行き、愛を告白した。火神は喜んで彼女と契を交わした。スヴァーハーは火神の精液を手に取って、聖仙の妻の不行跡の評判が立たぬようにと、人知れず鳥に変身して、悪鬼たちの住むシュヴェーター山へ行き、その山頂にある黄金の窪みに精液を落とした。こうして彼女は七仙の他の妻の姿をとり、火神と交わったが、ヴァシシュタ仙の貞節な妻アルンダティーの姿をとることだけはできなかった。スヴァーハーは山の窪みに六度、火神の精液を落とし、そこからスカンダが生まれた。スカンダが生まれると、七仙の六人の妻が火神と交わったという噂が流れ、七仙はアルンダティーを除く六人の妻を離縁した。彼女たちはスカンダに救いを求め、彼の力によってすばる星（クリッティカー）となった。スカンダは、スヴァーハーは自らの息子のもとへ赴き、火神と共に住みたいと願いを述べた。スカンダは、祭式において供物が火中にくべられる時、バラモンたちがいつも「スヴァーハー」と唱えるように取り決めた。こうしてスヴァーハーは火神を夫として常にそばにいられることになり、満足した。［3・213～220］

### ◇「そわか」の起源

スヴァーハーとは、密教の真言の末尾で唱えられる「そわか」のことである。

### ◇軍神スカンダ

スカンダは別名をカールッティケーヤ、あるいはクマーラといい、『マハーバーラタ』では複雑な出生であるが、後にシヴァとパールヴァティーの息子としてシヴァ・ファミリーの中に位置づけられるようになる。我が国では韋駄天と呼ばれている。

◎挿話7

# サーヴィトリー物語

アシュヴァパティ王は娘サーヴィトリーが年頃になると、「自分で夫を探してきなさい」と言って旅に出した。サーヴィトリーが旅から帰ってくると、王宮ではナーラダ仙が王と語らっていた。サーヴィトリーは旅の報告をした。

シャールヴァ国にデュマットセーナという王がいたが、盲目になったので近隣の王に国を奪われ、妻子と共に森へ行き、苦行を行った。その息子がサティヤヴァットで、サーヴィトリーはこの王子を夫として選んだ。ナーラダ仙が言うには、この王子は徳性高く、勇猛で、容姿はアシュヴィン双神のように美しい。しかし重大な欠点があり、彼は今日から一年後に命を落とす定めであるという。

王は他の夫を選びなおすよう娘に命じたが、サーヴィトリーは二度も夫を選ぶことはしないと主張し、ナーラダ仙もサティヤヴァットとの結婚を勧めた。両者の結婚式が森で行われ、サーヴィトリーは装身具を捨てて舅、姑と共に森の隠棲所で暮らした。彼女の心は寝ても覚めても夫の運命に悩まされ、日々は過ぎ、その時まであと四日となった。サーヴィトリーは三夜続く苦行を行い、昼も夜も立ったままでいた。そしてその日が来た。サティヤヴァットは斧を持って森へ行った。サーヴィトリーもついて行った。サティヤヴァットは薪を伐っている最中に頭痛に見舞われ、妻の膝に頭をのせて横になった。

そこに、黄色い衣を纏い、冠をつけ、太陽のように輝き、赤い眼をし、輪縄を手にした美しい男が現れた。死神ヤマであった。ヤマはサティヤヴァットの体から、親指ほどの大きさの霊魂を輪縄で縛って引き抜いた。サティヤヴァットの体は死んだ。

死神ヤマ、サティヤヴァットの魂を抜く

ヤマは霊魂を持って南方へ進んだ。サーヴィトリーはついて行った。ヤマに「帰りなさい」と言われると、彼女は「私の言うことを少しだけお聞きください」と言い、「法の重要性」について説いた。サーヴィトリーの言葉に満足したヤマは、サティヤヴァットの生命を除き、願い事を叶えようと言った。サーヴィトリーは、舅が視力を取り戻すことを望み、叶えられた。

ヤマが再度引き返しなさいと言うと、サーヴィトリーは、今度は「善き人々」について説いた。満足したヤマは、サティヤヴァットの生命を除き、第二の願いを叶えようと言った。サーヴィトリーは、舅である王が自らの王国を取り戻すことを願い、叶えられた。

次にサーヴィトリーは、「善き人々の永遠の法《ダルマ》」について語った。ヤマは、サティヤヴァットの生命を除き、願いを叶えようと言い、サーヴィトリーは彼女自身の父に百人の息子ができることを望み、叶えられた。

再びサーヴィトリーは「善き人々」について語った。ヤマは、サティヤヴァットの生命を除き、第四の願いを述べよと言った。サーヴィトリーは、自分とサティヤヴァットの間に百人の息子が生まれることを望み、叶えられた。

サーヴィトリーは「善き人々」に関する言説を続けた。ついにヤマは「望みを選べ」と言った。「サティヤヴァットの生命を除く」という例外が述べられていなかったので、サーヴィトリーは夫の生命を望み、叶えられた。

ヤマはサーヴィトリーとその夫に四百年の生命を約束し、去った。サーヴィトリーは夫のもとへ戻り、二人で舅と姑の待つ隠棲所に帰り、起こったことを残らず語って聞かせた。舅は視力と王国を回復し、サティヤヴァットは皇太子となった。サーヴィトリーの父には百人の息子が授かり、彼女自身も百人の息子をもうけた。〔3・277~283〕

### ◇「逆オルペウス型」?

死んだ妻を生き返らせるために冥界に降る夫の話を「オルペウス型神話」といい、ギリシャ(オルペウスとエウリュディケ)、日本(イザナキとイザナミ)、ニュージーランド(タネとヒネなど)、北米に分布している。サーヴィトリー物語の場合は、死んだ夫を(冥界には行かないにせよ)妻が生き返らせる話となっており、世界に分布するオルペウス型の、男女が逆の形になっていると言えそうだ。

注

（1） Krappe, A. H. "The Sovereignty of Erin" *American Journal of Philology* 63 (1942): 444-454.

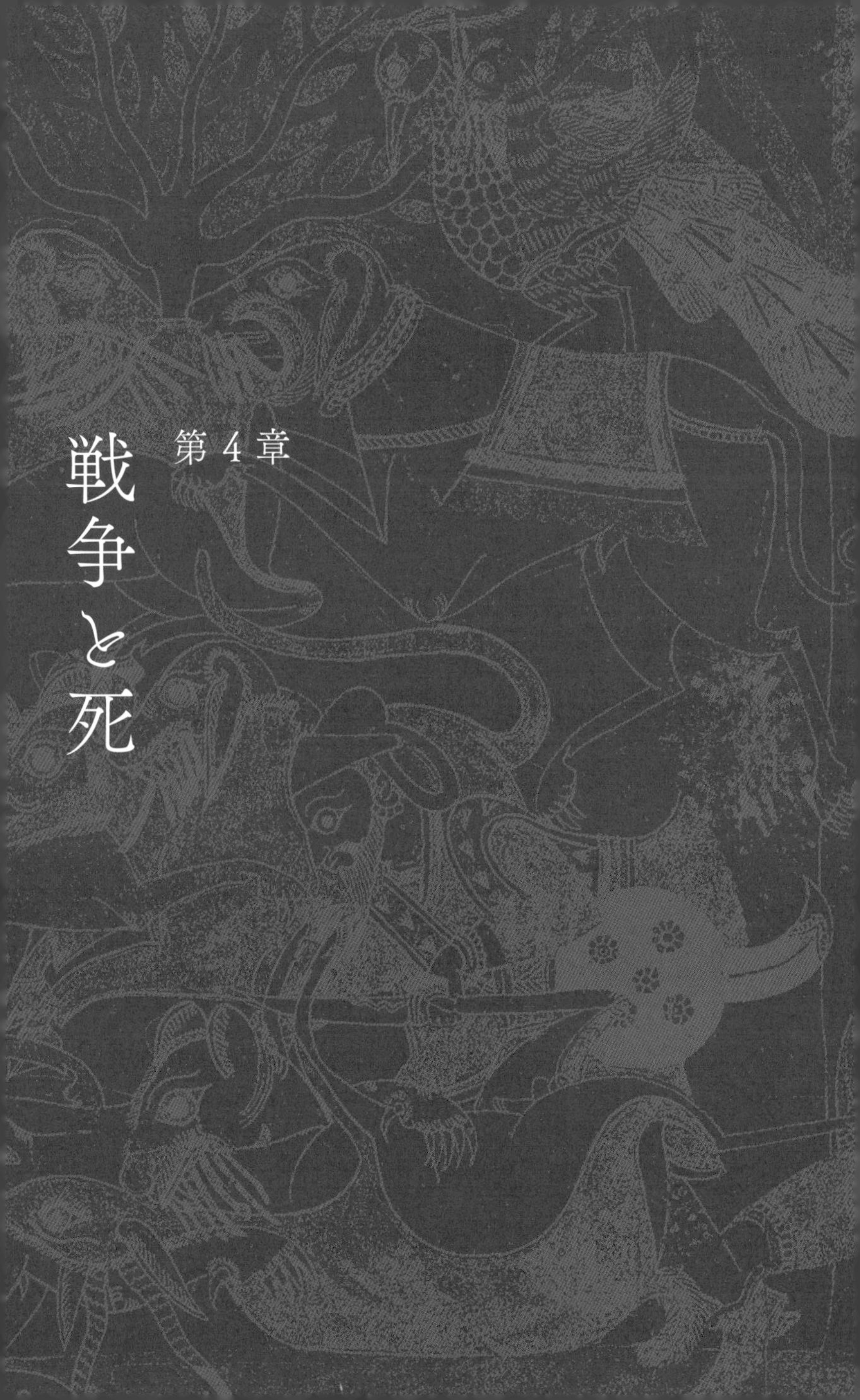

第4章

# 戦争と死

## ◉主筋1……アルジュナとドゥルヨーダナの選択

マツヤ国王の集会場にパーンダヴァとヴィラータ王、ドルパダ王、クリシュナとその兄バララーマ、シニの勇士サーティヤキらが集い、ユディシュティラの王権回復について話し合われた。平和か戦争か議論された末、ドルパダ王の司祭がクル族に使節として派遣されることになった。［5・1～6］

クリシュナは一族を引き連れてドゥヴァーラカーの都に帰った。密偵によってその行動を知ったドゥルヨーダナは少数の兵を連れてドゥヴァーラカーに向かった。同じ日にアルジュナもそこへ向かっていた。

眠っているクリシュナの頭の側にドゥルヨーダナが座った。アルジュナはクリシュナの足元に合掌して立っていた。クリシュナは目覚めると、まずアルジュナを見た。彼は二人をもてなし、来訪の理由を尋ねた。ドゥルヨーダナは、アルジュナよりも自分が先に来たのだから、戦いにおいて自分を援助するよう求めた。クリシュナは、ドゥルヨーダナが先に来たのは確かだが、目覚めた時に先に見たのはアルジュナであったから、二人とも援助しようと言い、若いアルジュナが先に選ぶよう言った。

「戦いにおいて無敵の私の軍隊か、戦わない私自身か」。

アルジュナは戦わないクリシュナを選んだ。クリシュナの大軍を得たドゥルヨーダナは大喜びであった。
ドゥルヨーダナは次にバララーマのもとに行ったが、彼は中立の立場を守り、どちらにも加担しないと言った。［5・7］
パーンドゥの第二王妃マードリーの兄であるマドラ国王シャリヤは、自分の甥にあたるパーンダヴァとともに戦うために、軍を引き連れて彼らのもとに進んでいた。それを見たドゥルヨーダナはシャリヤを自軍に引き入れるために、財を投じて豪華な宿舎を幾つも作った。そのことは、以下のように記されている。

ドゥルヨーダナはシャリヤをもてなすために、心地よい場所に、輝く宝石で作られた幾つかの宿舎を作らせた。シャリヤはそれらの宿舎に着くと、各地で、ドゥルヨーダナの臣下たちによって神のようにもてなされた。彼は神の住まいのように輝かしい他の宿舎にも行った。彼はそこでこの世のものでないような最上の感覚を味わい、自分を優れたものであると思い、インドラをも軽く見るほどであった。そしてクシャトリヤの雄牛であるシャリヤは喜んで、召使たちに尋ねた。「ユディシュティラの臣下たちがこれらの宿舎を作ったのか。宿舎を作った人たちを連れて来なさい。贈り物をしたいと思うから」。すると隠れていたドゥルヨーダナが姿を現した。マドラ国王シャリヤは彼を見て、彼の努力を知り、喜んで彼を抱きしめて言った。「望みのものを与えよう」と。ドゥルヨーダナは言った。「その言葉が真実でありますように。私の望みが叶えられますように。私の全軍の指揮官になって下さい」。シャリヤは、「了解した」と言った。それから、「何か他にするべきことはあるか」と尋ねた。ドゥルヨーダナは、「それで十分です」と答えた。［5・8・7〜13］

シャリヤはカウラヴァ軍で戦うことになったことをユディシュティラに報告した。ユディシュティラは、戦争においてカルナの御者となり、自分を賞賛してカルナの威光を削ぐようにシャリヤに願った。［5・18］

### ◆カウラヴァ軍と財物で買われた将軍たち

シャリヤは豪華なもてなしと財物によってカウラヴァ側につくことになったが、シャリヤだけでなく、ドゥルヨーダナ軍の主たる将軍たちは財物によってドゥルヨーダナに拘束されている。ビーシュマ、ドローナ、クリパ、シャリヤはそのことを、全く同じ言葉で次のように語っている。

人間は財物の奴隷である。財物は誰の奴隷でもない。大王（ユディシュティラ）よ、これは真実である。私は財物によってカウラヴァに拘束されている。［6・41・36、6・41・51、6・41・66、6・41・77］

ドゥルヨーダナは彼自身が豊穣の体現であるだけでなく（3章主筋3）、その財力において、そしてその軍隊の数においても（4章主筋2）、「多数性」を表わしており、インド・ヨーロッパ語族の第三機能（生産）の特徴を有していることがわかる。

## ◉主筋2　サンジャヤの使節

パーンダヴァの使者であるドルパダ王の司祭は、クル族のもとに到着すると、パーンダヴァに引き渡すべきものを引き渡すよう求めた。ビーシュマはその言葉を喜んだが、カルナは怒った。ドリタラーシュトラ王はドルパダの司祭を帰らせ、自分たちの側の使節としてサンジャヤを派遣することにした。

サンジャヤはユディシュティラに会い、戦争を避けようとするドリタラーシュトラ王の言葉を伝えた。クリシュナはサンジャヤに、パーンダヴァに返すべきもの（王国）を返すよう伝えた。

クル王国に帰還したサンジャヤの報告を聞きながら、進軍か和平か、議論された。

サンジャヤが、王国を引き渡さないなら戦争も辞さないというアルジュナの言葉を伝えると、ビーシュマはアルジュナとクリシュナは古のナラとナーラーヤナであり、戦いにおいて無敵であると言った。するとカルナが反論を試みたが、ドローナがビーシュマの言葉に従うよう諭した。ドリタラーシュトラ王はそれらを無視してサンジャヤにパーンダヴァの軍について問いただした。多くの軍や強力な戦士たちが集結していることを聞くと、ドリタラーシュトラ王は戦いを避けるよう言った。するとドゥルヨーダナは、次のように自軍の優位を説いた。

「五兄弟、ドリシュタデュムナ、サーティヤキ、彼ら七名が敵の主力戦士である。我々には最勝のビーシュマ、ドローナ、クリパをはじめ、ドローナの息子、カルナ、ソーマダッタ、バーフリカ、プラーグジュヨーティシャの王、シャリヤ、アヴァンティの王、ジャヤドラタ、ドゥフシャーサナ、ドゥルムカ、ドゥフサハ、シュルターユ、チトラセーナ、プルミトラ、ヴィヴィンシャティ、シャラ、ブーリシュラヴァス、それにあなた（ドリタラーシュトラ）の息子ヴィカルナがいる。私には十一の軍隊が集まった。敵はそれより少なく七軍隊のみである。なぜ私に敗北があろうか。三分の一少ない軍隊とは戦うべきである、とブリハスパティは説いた。私のこの軍隊は敵よりも三分の一多い。私は敵軍に多くの欠点を見るが、私の軍には多くの長所を見る」。［5・54・58～64］

議論はなおも続いた。［5・22～53］

ドリタラーシュトラ王は息子に弱かったので、諭すことをしなかった。それどころか彼は時が来たと思い、戦争に心が傾き、サンジャヤになすべきことを問うた。〔5・60〕サンジャヤはクリシュナの偉大さを説いた。〔5・65〜66〕

## ◉主筋3 クリシュナの平和使節

サンジャヤを帰らせたユディシュティラは、クリシュナにどのようにすべきか問いかけた。ユディシュティラの望みは王国の半分から「たった五つの町」を要求するまでに小さくなっていた。彼は戦争をなんとか避けようとしていた。ユディシュティラは言った。「戦争になれば親族や友、師たちを殺さねばならない。戦争は善とは言えない。しかしその悪は、クシャトリヤにとっては法（ダルマ）である。われわれはクシャトリヤであるから、たとえ非法（アダルマ）であっても、戦争は自己のダルマ（スヴァダルマ）となる」。

クリシュナは、自ら使節となってクル族のもとへ行くことを提案した。ユディシュティラはクリシュナが捕らえられるようなことがあってはならないと心配したが、クリシュナに説得され、送り出すことにした。〔5・70〜77〕

クリシュナはサーティヤキを伴い、戦車に四頭の馬、サイニヤ、スグリーヴァ、メーガプシュパ、バラーハカをつなぎ、クル王国へ向かった。
クリシュナはクル王国でドリタラーシュトラ王とビーシュマにあいさつをし、もてなしを受けた。それから彼は宮殿を退去し、ヴィドゥラに会いに彼の邸宅を訪れた。ダルマ神の化身であるヴィドゥラに、クリシュナはパーンダヴァの様子を詳細に語った。〔5・87〕
ヴィドゥラに会ってから、その日の午後、クリシュナは父の妹であるクンティーのもとへ行った。クンティーは彼を見ると涙を流して抱擁し、もてなした。長々と苦悩を述べるクンティーをクリシュナはなぐさめた。〔5・88〕
次にクリシュナはドゥルヨーダナの家に行った。彼の側には、ドゥフシャーサナ、カルナ、シャクニが座っていた。ドゥルヨーダナはクリシュナを食事に招待したが、彼は辞退した。これを不服に思ったドゥルヨーダナはクリシュナを非難した。すると彼は、使者としての目的を果たした暁にはもてなしを受けようと答えた。さらに彼は、今はヴィドゥラが提供した食物だけが食べられるべきであると言い、再びヴィドゥラの家に行き、食事をして眠りについた。〔5・89〜91〕
翌朝、クリシュナは戦車に乗り、サーティヤキとクリタヴァルマンを伴ってドリタラーシュトラ王の集会場へ赴いた。皆が集会場で座席につくと、クリシュナは平和のため言葉をつくし、長老たちもドゥルヨーダナをたしなめて平和への道を示したが、ドゥルヨーダナは怒りをつのらせ、「針の先ほどの土地もパーンダヴァに渡さない」と言い放ち、会場から出て行った。〔5・93〜94、5・122〜126〕
そこに母ガーンダーリーが連れてこられ、ドゥルヨーダナも呼び戻されて説得が試みられたが無駄であった。再び集会場から出たドゥルヨーダナは、カルナ、シャクニ、ドゥフシャーサナとともにクリシュナを捕らえる相談をしていた。

サーティヤキは、賢者であって徴候を読み取ることができた。彼はクリタヴァルマンに軍隊の準備を命じると、集会場に入ってクリシュナとドリタラーシュトラ王、ヴィドゥラにドゥルヨーダナらの陰謀のことを告げた。〔5・127〜128〕

再び集会場に連れてこられたドゥルヨーダナの前で、クリシュナは神としての真の姿を顕した。あらゆる神々と、パーンダヴァ、戦士たちがクリシュナの身体から現出した。王たちは恐れて目を閉じた。

それからクリシュナは身体をもとに戻し、サーティヤキとクリタヴァルマンを伴い、退出した。〔5・129〕

クリシュナは再びクンティーに会いに行き、彼女の息子たちへの伝言を預かった。〔5・130〕

次にクリシュナは、カルナを戦車に乗せて密会を持った。クリシュナはカルナがパーンドゥの（血の繋がらない）長子であることを明かし、パーンダヴァ側につくよう説得を試みた。カルナは自分の出自を承知していた（太陽神と処女クンティーから産まれたこと）。しかし彼を庇護してくれたのは他ならぬドゥルヨーダナであるのだから、アルジュナを宿敵と定め、パーンダヴァと戦う決意であることを述べた。またその戦いはドゥルヨーダナの「武器の祭祀」となるであろうと述べた。

カルナは自分とドゥルヨーダナ、ドゥフシャーサナ、シャクニが戦争とそれに伴う滅亡の原因となることを自覚し、その上で戦争に赴く決意を固めていた。ユガ――宇宙期は移行しつつあった。暗黒時代のカリ・ユガが始まろうとしており、その前兆をカルナは多く見ていた。それらを自覚した上で彼はクリシュナを抱擁し、別れを告げた。［5・138～141］

## ◉主筋4……………クンティー、息子カルナに会う

クリシュナがパーンダヴァのもとに帰ると、ヴィドゥラはクンティーを訪ね、両者の不和を嘆いた。クンティーは意を決し、自らカルナに会いに行き、彼の出自――自分と太陽神の子であること――を明かした。

カルナはそれを疑わなかったが、自分を捨てたクンティーを責めた。そしてカウラヴァたちが自分を敬ってくれることへの恩を語った。「私はカウラヴァたちのために全力であなたの息子たちと戦います。ですが、ユディシュティラとビーマと双子を、私は殺しません。私はアルジュナとのみ戦います。あなたの五名の息子は滅びることはありません。アルジュナを欠く時はカルナがいて、このカルナが殺された時にはアルジュナがいるのですから」。

クンティーの苦悩は大きかった。［5・142～144］

## ◉主筋5 進軍

パーンダヴァとクリシュナは協議し、ドルパダ王の息子で、ドラウパディーの兄であるドリシュタデュムナを総司令官として、進軍した。戦車兵六万、その五倍の騎兵、十倍の歩兵、六万の象兵がいた。彼らはクルクシェートラに入ると、法螺貝を吹き鳴らした。その雄叫びは天地と海に鳴り響いた。

ユディシュティラは土地を適切に選んで軍隊を野営させた。様々な武器、鉄矢、投槍、槍、斧、弓、鎧が配られた。象たちは鉄の防具をまとっていた。［5・149］

その様子を聞いたドゥルヨーダナは、カルナ、ドゥフシャーサナ、シャクニに命じ、戦いの準備に取りかかった。戦車、馬、象の兵が集められ、それぞれが黄金の鎧、黄金の様々な武器を身につけた。

夜が明けると、ドゥルヨーダナは十一の軍団を配備した。千台の戦車はみな金色に輝いていた。象たちは鈴で美しく飾られ、宝を蔵する山のようであった。馬たちは幾万とおり、色とりどりの鎧をつけ、黄金の飾りをまとい、美しく飾られた騎手たちがそこに乗っていた。歩兵たちも鎧と武器を身につけ、黄金の環で飾られていた。

こうしてクルクシェートラには合わせて十八の軍団が集結した。パーンダヴァが七軍団、カウラヴァが十一軍団であった。〔5・152〕

## ◇パーンダヴァ軍とカウラヴァ軍の特徴

カウラヴァ軍の特徴は、「黄金」である。戦車も馬も象も戦士たちも皆、黄金で飾り立てられている。これに対し、パーンダヴァにはそのような装飾の表現が乏しい。代わりに、「鉄」という言葉がでてくる。鉄の矢、象の鉄の鎧などだ。黄金のカウラヴァ、鉄のパーンダヴァ、と言うことができるだろう。

## ◇「18」の謎

クルクシェートラには、18軍団が集結した。ところで『マハーバーラタ』という叙事詩は、「18」という数字にこだわっているように見える。全18巻、「バガヴァッド・ギーター」が18章、18日間の戦争。そしてクリシュナの死が戦争から36年目で18の倍。不思議な符合、と述べるにとどめておこう。

主筋6

# ビーシュマ、総司令官になる

ドゥルヨーダナは礼を尽くしてビーシュマに軍の総司令官を依頼した。ビーシュマは、カウラヴァもパーンダヴァも等しく愛しいが、約定のためおまえたちのために戦う、しかし、計画的に一日に一万の戦士を殺すが、アルジュナとは公然とは戦わない、と宣言した。さらにもう一つ条件を課した。「私は常にカルナと張り合ってきた。カルナが先に戦うか、私が先に戦うか、どちらかだ」。カルナは言った。「私はビーシュマが生きている限りは決して戦わない。ビーシュマが殺された時に、アルジュナと戦うだろう」。

ドゥルヨーダナはビーシュマを軍の総司令官に任命し、多くの謝礼を払った。

一方、クリシュナの兄バララーマは、「私にとってビーマとドゥルヨーダナは等しく弟子であり、棍棒戦に長けている。その二人のどちらかの側につくことはできない。また本来我々兄弟にとって、カウラヴァとパーンダヴァは等しい存在である。したがって、私は聖地に滞在する」と言って、聖地巡礼に出かけていった。〔5・153〜154〕

### ◇両軍の対戦相手一覧

ドリシュタデュムナは開戦に先んじて、敵陣との対戦相手を決めた。左記の通りである。

| パーンダヴァ側 | カウラヴァ側 |
| --- | --- |
| アルジュナ | カルナ |
| ビーマ | ドゥルヨーダナ |
| ナクラ | アシュヴァッターマン |
| シビ国王 | クリタヴァルマン |
| サーティヤキ | ジャヤドラタ王 |
| シカンディン | ビーシュマ |
| サハデーヴァ | シャクニ |
| ドリシュタケートゥ | シャリヤ |
| ドラウパディーの五王子 | 五名のトリガルタ |
| アビマニユ | ヴリシャセーナとその他の王たち |

〔5・161〕

ユディシュティラの対戦相手が指定されていない。それは彼が「戦士」ではないことの証明である。あくまで彼は「聖王」であって、戦場に在っても戦いに積極的ではなく、戦闘においては無力なのだ。

## ◉主筋7……アンバー物語

話ははるか昔に戻る。

かつてカーシ国の王女アンバーは婿選び式スヴァヤンヴァラにおいてクル族のビーシュマに力づくで連れ去られ、当時のクル族の王ヴィチトラヴィーリヤの妃とされるところであったが、サウバ王シャールヴァを結婚相手として心に決めていたことをビーシュマに訴え、クル国を去ることを許された。その後シャールヴァのもとへ行くも、「一度他の男に触れられた女を妻に迎えることなどできない」と冷たく突き放された。

サウバ王に見放され、クル国に行くことも、故国に帰ることもできなくなり、そもそもの不幸の原因はビーシュマにあると確信し、彼への復讐を誓った。

アンバーはビーシュマの師であるパラシュラーマに救いを求めた。それを受けたパラシュラーマとビーシュマの間で長い戦闘が行われたが、パラシュラーマは勝利をあきらめ、両者は和解した。

それを聞いたアンバーはビーシュマへの復讐を再度心に誓い、長い間苦行を行った。ビーシュマの母である河の女神ガンガーがアンバーの苦行をやめさせようとしたが応じなかったため、ガンガーは「もしあなたが誓戒を守って身体を捨てるなら(死ぬなら)、あなたは雨季にしか水のない曲がりくねった川になるだろう。その川は沐浴に適さず、人に知られず、鰐が住むであろう」と呪った。

アンバーはヴァッツァブーミという所でアンバー川という川になったが、苦行の力により半身のみ川になり、もう半身は少女のままであった。そこにシヴァ神が現れ、「汝は男性として生まれ変わり、戦場においてビーシュマを殺すであろう」とアンバーの望みを叶えてやった。アンバーは薪を集めて火をつけ、「ビーシュマを殺すために」と言って火の中に入り、ドルパダの娘シカンディニーとして生まれ変わった。後に性転換して男となり、シカンディンとしてクルクシェートラの戦いにおいてアルジュナと共にビーシュマを倒すことになる。［1・96、5・170〜193］

## ◉主筋8……戦争直前

両軍がクルクシェートラに集うと、まず戦争に関するルールが定められた。言葉によって戦いを始めたら、言葉によってのみ対戦すること。戦闘から外れた者を殺してはならない。戦車に対しては戦車で、象兵に対しては象兵で、騎兵に対しては騎兵で、歩兵に対しては歩兵で戦うこと。他者と交戦中の者、油断した者、背を向けて逃げる者、武器を失った者、太鼓や法螺を演奏する者たちには決して攻撃してはならない。［6・1］

盲目のドリタラーシュトラ王が戦争の状況を知ることができるよう、ヴィヤーサ仙によって御者

**クリシュナ、アルジュナに戦士の義務を説く（「バガヴァッド・ギーター」）**

のサンジャヤにさまざまな力が与えられた。彼の視力は感官を超え、その耳は遠方の音を聞くことができ、他人の心を知ることができ、過去と未来のことを知ることができ、常に空中を行くことができ、武器により傷つけられない。サンジャヤはドリタラーシュトラに戦争の様子を克明に話して聞かせる役を担うこととなった。［6・16］

　戦争が今にも始まろうという時に、アルジュナは親族同士の争いにためらいを見せた。するとクリシュナは自らの神的な姿を顕し、ヨーガ（平等の境地）の秘密を説いてアルジュナを悩みから解き放ち、戦士としての職分を果たすように導いた。［「バガヴァッド・ギーター」。6・14〜40］

　戦闘を目前にして、ユディシュティラは敵軍の師たちに挨拶をして回った。［6・41］

◉主筋9

# 戦争第一日目

カウラヴァ軍はビーシュマを先頭に、パーンダヴァ軍はビーマを先頭に進軍した。両者は激しくぶつかりあった。ビーシュマとアルジュナは互いに弓矢で戦ったが、どちらも相手を揺るがすことはできなかった。

サーティヤキはクリタヴァルマンを攻撃した。両者はそれぞれ傷つけ合った。

アビマニユはブリハドバラと戦った。ブリハドバラ王はアビマニユの旗を切り、彼の御者を倒した。アビマニユは怒って王を九本の矢で射て、その旗を断ち、御者を貫いた。

ドゥルヨーダナはビーマと、ドゥフシャーサナはナクラと、ドゥルムカはサハデーヴァと、それぞれ戦った。ユディシュティラはシャリヤと戦った。

神仙(デーヴァリシ)や半神族のシッダやチャーラナたちがやって来て、その戦いを見物した。あちこちで戦車兵、象兵、歩兵、騎兵が戦っていた。

ビーシュマは五名の戦士に守られてパーンダヴァの軍に突入した。アビマニユは正確に矢を射てビーシュマを阻んだ。アビマニユの旗は黄金のきらびやかなカルニカーラ樹で、ビーシュマの旗は棕櫚であった。ビーシュマはアビマニユに向けて多くの兵器を出現させたので、味方の戦士たちはアビマニユを守りに集結した。ビーシュマの活躍はめざましいものであった。

第一日目に軍隊が撤退すると、ユディシュティラはクリシュナのもとへ行き、ビーシュマへの恐れを打ち明けた。クリシュナの助言を受けて、ユディシュティラは総司令官であるドリシュタデュムナに、「クラウンチャ（という名の鳥）の陣形」を取るよう命じた。それはかつて神々の師ブリハスパティがインドラに教えた、アスラを倒す陣形であった。〔6・43〜45〕

## 主筋10　戦争第二日目

翌朝の夜明け、アルジュナが全軍の先頭に立った。クラウンチャ陣形の両翼には一万の戦車、頭には十万、背中には一億二万、首には十七万がいた。こうしてパーンダヴァは日が昇るのを待った。カウラヴァはその様子を観察し、ふさわしい態勢で迎え討つ準備を整えた。

アルジュナの戦車の御者を務めるクリシュナは、アルジュナをビーシュマの方へ運んでいった。両者は激しく戦った。

ドリシュタデュムナは父の恨みを晴らすべくドローナを攻撃した。反撃にあったドリシュタデュムナは弓を断たれ、戦車を失い、馬と御者を殺されたが勇猛に戦った。そこにビーマが駆けつけ、ドリシュタデュムナを別の戦車に乗せた。

ビーマはカリンガ軍を殺戮し血の川を作り出した。

アビマニユはドゥルヨーダナの息子ラクシュマナを攻撃して苦しめた。

ビーシュマは、西の山に太陽が沈みかけているのを確認し、軍を引き上げさせた。［6・46～51］

## ◉主筋11　戦争第三日目

翌日、ビーシュマはガルダ陣を布いた。それを見たパーンダヴァ側は、半月の戦闘陣形を布いた。その陣の左の角に、クリシュナとアルジュナがいた。殺し合いが再開された。死体が山のように積み重なった。至る所で首なし死体が立ち上がった。これは、世界の終わりのしるしであった。

アルジュナはビーシュマと互角に戦っていた。しかしクリシュナは、アルジュナが手加減して戦っているのを見て取った。劣勢に立たされたアルジュナの元に、サーティヤキが駆けつけて勇猛に戦った。アルジュナの軟弱さに怒ったクリシュナは、戦車から飛び降り、円盤スダルシャナを手にし、ビーシュマに向かっていった。アルジュナはあわてて戦車から降りてクリシュナの腕を両腕で掴んで引き留めた。クリシュナはアルジュナを引きずって歩んだが、アルジュナが彼の両足を持って引き留めた時、十歩まで歩んで静止した。アルジュナがクル族を滅ぼすことを誓うと、クリシュナは満足

怒って戦車から降りビーシュマに向かうクリシュナ、引き止めるアルジュナ

して戦車に乗り、法螺貝を高らかに吹き鳴らした。アルジュナは戦場において偉大な仕事をし、陣営に帰った。［6・53〜55］

## ◉主筋12……戦争第四日目

四日目の戦いが開始された。アビマニユとアルジュナは弓矢で大勢の敵を屠った。ビーマは棍棒で象の軍隊に突入し、象たちを打ち砕きながら戦場を歩き回った。ビーマは象の血にまみれ、血まみれの棍棒を持ち、恐ろしい死神か、踊る破壊神シヴァのようであった。彼の棍棒は死神ヤマの杖（ダンダ）のようであった。そのビーマにビーシュマが襲いかかったが、サーティヤキが応戦した。ビーマはドリタラーシュトラ王の百王子を十四名殺害した。バガダッタ王がビーマの胸を矢で射た。気絶したビーマを見て、彼と羅刹女ヒディンバーとの間に生まれた息子のガトートカチャが駆けつけた。彼は幻術（マーヤー）を用いて敵たちを苦しめた。日は傾き始めていた。

その夜、ビーシュマはドゥルヨーダナにクリシュナの神性について説き、講和を勧めたが、戦いは続けられた。［6・56～65］

## ◉主筋13 戦争第五日目

夜が明け、双方とも陣形が整えられた。ビーシュマはマカラ（イルカか鰐）の陣形を布いた。パーンダヴァ側はシェーナ（鷹）の陣をとった。激しい戦いの中、サーティヤキの十人の息子がブーリシュラヴァスによって頭を切り落とされた。［6・61～70］

◉主筋14

# 戦争第六日目

六日目の朝がきた。パーンダヴァ軍はマカラの陣形をとった。ビーシュマはそれを見て、自軍をクラウンチャ陣に布陣した。ビーマはドローナに戦いを挑み、ドローナの御者を殺したが、ドローナは自ら馬たちを御してパーンダヴァ軍を殺戮した。ビーマは戦車から降りてカウラヴァ軍と戦っていた。そこにドリシュタデュムナが駆けつけ、ビーマを自分の戦車に乗せた。ドリシュタデュムナは恐ろしい武器「プラモーハナ・アストラ」を用いた。敵の戦士たちはそれによって知性と勇気を奪われ、正気を失い、失神した。そのときドローナは怨恨のあるドルパダ王を弓で射た。射られたドルパダ王は傷つけられて退却した。ドローナは味方の戦士たちが意識を失っているのを見て、「プラジュニャー・アストラ」を用い、「プラモーハナ・アストラ」を無効にした。カウラヴァ勢は戦場に復帰した。ドローナの活躍はめざましいものであった。［5・73〜74］

## ◉主筋15　戦争第七日目

翌日、ビーシュマは輪円(マンダラ)形の陣を布いた。それを見たユディシュティラは金剛杵(ヴァジュラ)の陣形を取らせた。

戦いは互角であった。双子のナクラとサハデーヴァは叔父にあたるシャリヤと交戦し、互いに武勇を認めて戦の最中であっても喜んでいた。ユディシュティラはシュルターユスと戦って退却させた。シカンディンがビーシュマに襲いかかると、シャリヤがそれを察知して武器を用いて彼を制止した。シカンディンはそれを迎え討つために「ヴァールナ（ヴァルナ神（水神）の）」という武器を用いた。ビーシュマはユディシュティラを攻撃した。ユディシュティラは戦士たちに命じて彼を包囲させたが、ビーシュマは無敵であった。［6・76～82］

## ◉主筋16　戦争第八日目

八日目がやってきた。ビーシュマの率いる大軍は海のようにとどろいていた。ドリシュタデュムナはシュリンガータカという陣形を取って対抗した。ビーマはカウラヴァ兄弟のうち七人を殺した。その戦闘の最中に、アルジュナがかつてナーガの娘との間にもうけた息子のイラーヴァットが現れて父に挨拶した。アルジュナの命令を受けて、彼は最前線に出てきた六名のスバラの息子たちと戦った。イラーヴァットは刀を抜くと、地面を徒歩で歩みながら、スバラの息子たちを切り刻んだ。ドゥルヨーダナはイラーヴァットに対して羅刹を差し向けた。両者はマーヤーを駆使して戦った。空中に飛び上がって羅刹を惑わしつつ、彼は矢で羅刹を切断したが、その羅刹は何度切断されても再生し若返った。マーヤーは羅刹に生まれつきそなわっているのである。イラーヴァットは斧で羅刹を切ったが、羅刹はやはり再生した。イラーヴァットは蛇の幻影を作り出して羅刹を覆ったが、羅刹は蛇の宿敵であるガルダ鳥の姿を取って蛇たちを食べてしまった。困惑したイラーヴァットの首を羅刹は切り落とした。〔6・83～86〕

イラーヴァットが殺されると、ビーマの息子である羅刹のガトートカチャは激怒した。こうしてドゥルヨーダナ軍とガトートカチャ率いる羅刹軍の戦いが始まった。カウラヴァ軍は劣勢に立たされ、日没頃、退却した。〔6・87～90〕

その夜、ドゥルヨーダナはビーシュマの元へ行き、カルナを彼の代わりに戦場に出すよう要請した。ビーシュマはひどく傷つきながらも、次のように言った。「私は全ての敵の軍を滅ぼすだろう。しかし、かつて女であったシカンディンだけは、私は殺さない」。ドゥルヨーダナはこれを聞いて、ビーシュマを守るよう戦士たちに命じた。

## ◉主筋17 戦争第九日目

夜が明けた。ビーシュマが取った陣形は「全方位超勝（サルヴァトーバドラ）」であった。両者が交戦すると、大地は振動し、太陽は輝きを失い、ジャッカルが不吉な叫び声を上げ、ほこりの雨が降り、血の混じった骨の雨が降った。燃え上がる大きな流星が太陽に衝突して地面に落下した。不吉な前兆であった。

アビマニユが獅子奮迅の活躍をするのを見て、ドゥルヨーダナは羅刹のアランブサを差し向けた。アランブサはまずドラウパディーの五人の息子と戦った。五人が劣勢に立たされると、アビマニユが助勢にかけつけた。交戦の末、アビマニユの無数の矢に射られたアランブサは、マーヤーによって闇（タマス）を作り出した。これによってアビマニユは敵味方の区別がつかなくなった。しかし彼は太陽の武器を出現させて闇を払った。マーヤーを破られた羅刹は矢で射られて退却した。

アルジュナはドローナと戦った。トリガルタ族がドローナを取り巻いていた。アルジュナは風神ヴァーユの武器ヴァーヤヴヤを用いた。すると風が立ち、多くの樹木を倒し、兵士たちを殺害した。対抗してドローナはシャイラ（山の）という武器を発動させた。これにより風は鎮まった。

ビーシュマは戦場で恐ろしく活躍していた。日が沈むと、双方ともに軍隊を下がらせ、ユディシュティラらは今後の政策を協議した。その結果、ビーシュマを倒さねばならないということで意見が一致した。クリシュナの助言により、パーンダヴァとクリシュナはビーシュマを訪ね、彼自身を倒す方法を教えてくれるよう願った。ビーシュマは言った。「私は女性とは戦わない。以前に女性であったシカンディンを先に立てて、アルジュナが彼を盾にして矢を射れば、私を殺すことができるだろう」。〔6・95～103〕

## ◉主筋18　戦争第十日目

夜が明けた。戦闘は10日目に入っていた。激しい戦いが繰り広げられる中、シカンディンはビーシュマだけを弓で射ていた。ビーシュマは「いくらでも射るがよい。おまえは創造主に女として造られたシカンディニーなのだから」と言ってシカンディンを怒らせた。ドリシュタデュムナ、サーティヤキ、アビマニユらもビーシュマをさかんに攻撃した。カウラヴァ軍はビーシュマを守って激しく戦った。ビーシュマは軍の先頭に立って、一千人の王たちを矢で倒し、十万の矢の網を作り出してパーンダヴァ軍を圧倒した。夏に中天に達した太陽のように彼は燃えていた。誰も彼を見つめることはできなかった。アルジュナはシカンディンを前にして戦った。シカンディンは激しく矢を射た。

ビーシュマは考えた。時が来たのだと。彼には父から恩寵が授けられていた。自分の死にたい時に死ぬことができるということと、戦場で殺されないという恩寵だ。彼が決意すると、空中からヴァス神群――ビーシュマの本体――が現われ、彼の決意を喜んだ。パーンダヴァと戦わないと決めたビーシュマは、シカンディンに無数の矢で射られながらも、アルジュナを攻撃しなかった。アルジュナはシカンディンの後ろから強力な矢を放った。全ての急所を攻撃されつつも、ビーシュマはなお何万もの戦士を殺した。ビーシュマの身体は、これ以上矢が刺さる場所は指の先ほどもないほどに矢で傷だらけにされていた。

そして彼は戦車から落下した。彼は地面に落ちてもなお生きていた。彼は矢の床に横たわっていた。クル軍は悲しみにくれてどうすればよいか分からなかった。

ビーシュマは矢の床に横たわり、地面に触れずに死すべき時を待っていた。

パーンダヴァはビーシュマに近づいて平伏した。ビーシュマは「枕がほしい」と言った。王たちは柔らかい上等の枕を運んだが、彼はそれを望まなかった。アルジュナはガーンディーヴァ弓から三本の矢を放ち、ビーシュマの頭を支えた。ビーシュマは満足して言った。「クシャトリヤは戦場において矢の床に横たわって眠るべきだ。もしおまえが別の振る舞いをしたら、私はおまえを呪ったであろう」。

その夜が過ぎると、パーンダヴァとカウラヴァに属する全ての王たちはビーシュマのもとに集った。ビーシュマは「水がほしい」と言った。するとアルジュナはガーンディーヴァ弓を引いて、水神パルジャニヤの呪文と共にビーシュマの南側の地面を射た。すると汚れのないアムリタのような水が噴き上がり、ビーシュマを満足させた。ビーシュマはドゥルヨーダナに講和を進め、自らは矢の床に横たわり、急所の痛みに耐えつつ、沈黙した。

そこにカルナがやって来た。長く敵対関係にあったカルナをビーシュマは許し、クシャトリヤとして戦いなさいと述べた。［6・104〜117］

## 主筋19　戦争第十一日目

ビーシュマが倒れたので、カルナが出陣することとなった。カルナは次の軍総司令官としてドローナを指名した。ドゥルヨーダナはその助言に従った。

ドローナは軍をシャカタ陣（車）に整えた。ユディシュティラはクラウンチャ陣（鳥の名）に整えた。

ドローナはあまたの矢でパーンダヴァ軍を圧倒した。ドローナはドゥルヨーダナの要望を受け入れてユディシュティラの生け捕りを目的に定めたが、アルジュナが戦列を離れた時に、という条件をつけた。ドゥルヨーダナはその密議を確実なものとするため、ユディシュティラの捕獲を全軍に求めた。

ユディシュティラは密偵によりそのことを知った。アルジュナは兄を守り通すことを誓った。黄金の戦車に乗ったドローナは太陽のようにパーンダヴァ軍を焼きつつ殺害して回った。ドローナはユディシュティラに近づき、今にも彼を生け捕りにしようという時、アルジュナが駆けつけてカウラヴァ軍を攻撃した。こうしてその日の日没が到来した。〔7・1～15〕

## ◉主筋20 戦争第十二日目

ドローナはアルジュナをユディシュティラから引き離すため、トリガルタ軍を中心に特攻隊（サンシャプタカ）を組織した。特攻隊は戦車で半月陣を組んで戦った。アルジュナはユディシュティラから離れていき、戦いに酔ったかのように猛攻撃をした。ドローナはその間にユディシュティラに近づいた。ユディシュティラを守ろうとした戦士たちとの間に激しい戦いが繰り広げられた。ドリシュタデュムナがユディシュティラを守っていた。ドローナが迫ってくると、ユディシュティラは逃げた。パーンダヴァ軍はドローナに圧倒されていた。

特攻隊の人数は一万四千人、そのうち一万人はトリガルタ軍で、四千人はもともとクリシュナの軍隊であった。アルジュナはヴァジュラ（金剛の）アストラ（呪文）を発動させて、特攻隊を大量にインドラの住処に送った（殺害した）。

シャクニの兄弟たちがアルジュナを攻撃したが破られた。弟たちを殺されたシャクニは怒って幻術マーヤーを用いて、あまたの武器を作り出してアルジュナを攻撃した。アルジュナも様々な武器を用いて戦ったので、シャクニは命からがら逃げ出した。

カルナがアルジュナに立ち向かった。ドリシュタデュムナとビーマとサーティヤキがアルジュナと共にカルナと戦った。アルジュナはカルナの弟たちを殺した。

日は西に傾いていた。［7・16～31］

## 戦争第十三日目

◉主筋21

ドローナは輪円（チャクラ）の陣を布いた。ユディシュティラはアビマニユにこの陣を破るよう命令した。アビマニユは軍を引き連れてドローナの大軍に向かい、激しく攻撃した。彼はドローナが見ている前で陣形を破って侵入し、クル軍を打ち破った。ドゥルヨーダナは怒って彼に向かって行った。戦士たちはアビマニユを取り囲んだ。カルナが矢の雨を浴びせたが、アビマニユも矢で対抗した。その矢はカルナの鎧を貫き、身体を貫通してカルナを動揺させた。アビマニユの活躍はあたかも終末の時に全ての生命を奪う破壊神アンタカのようであった。

アビマニユの勢いに圧されたクル軍は、彼を倒す方法を考えた。シャクニは「一人一人が彼に殺される前に、皆で彼を殺そう」と言った。ドローナはアビマニユから弓と戦車を奪うよう指令を出した。アビマニユは弓矢を失い、馬と御者も失ったが、クシャトリヤとしての本分は失わなかった。彼は地面に立って刀と盾で戦った。しかしドローナが刀を砕き、カルナが盾を粉砕した。アビマニユは円盤を持って戦った。その様子はヴィシュヌ神その人のようであった。しかしその円盤も粉砕された。アビマニユはドゥフシャーサナの息子に棍棒で打たれて地面に倒れた。こうして一人が大勢に囲まれて殺されたのである。

ジャヤドラタがパーンダヴァ軍を引き留めている間に、アビマニユは取り囲まれて殺されたのであった。彼を取り囲んだのは、ドローナ、クリパ、カルナ、アシュヴァッターマン、ブリハドバラ、クリタヴァルマンの六名であった。［7・32〜51］

## ◉主筋22　戦争第十四日目

アルジュナは息子の死を知って深く嘆いた。そしてアビマニユの死の原因をシンドゥ国王ジャヤドラタであると考え、復讐を誓った。

まずアルジュナはシヴァ神の必殺の武器を授かるため、クリシュナとともにシヴァ神の神的な住処へ行き、そこで武器パーシュパタ（パシュパティ＝シヴァの武器）を習得した。〔7・52～60〕

戦闘が再開された。アルジュナはユディシュティラの守護をサーティヤキに託し、自らはジャヤドラタを殺すべく、敵陣の前衛を崩し、ドゥフシャーサナを敗退させた。アルジュナと、ジャヤドラタを守るドローナとの戦いが始まったが、「もっと重要な仕事がある」というクリシュナの助言で、アルジュナは矢を射つつドローナから離れようとした。しかしドローナは武器ブラフマ・アストラによって阻んだ。アルジュナもブラフマ・アストラで対抗した。

シュルターユダという戦士がアルジュナを攻撃してきた。シュルターユダは水神ヴァルナを父とし、川の女神パルナーシャーが母であった。パルナーシャーの懇願で、ヴァルナは息子に「敵に殺されない者になる」という恩寵を与え、呪文とともに棍棒を授けたが、それを戦わない者に放ってはならない、という条件が課されていた。ところがシュルターユダはそれをクリシュナに向かって放った。棍棒はクリシュナの肩に当たったがはねかえされてシュルターユダの命を奪った。

ドゥルヨーダナは動揺しドローナにくってかかったが、ドローナは彼を諭して無敵の鎧を与えた。その鎧はかつてシヴァ神からインドラ神に授けられ、インドラのヴリトラ退治を助けた。インドラからアンギラスに、アンギラスからブリハスパティに、ブリハスパティからアグニヴェーシャに、そしてアグニヴェーシャからドローナに授けられたのであった。それを今、彼はドゥルヨーダナに授けたのだ。

ドローナとサーティヤキの間に激戦がおこった。ドローナはアーグネーヤという火神の武器を出した。対抗してサーティヤキはヴァールナという水神の武器を現出させた。両者はそれらの呪句を矢に託して放った。それぞれの側の戦士たちが駆けつけて両者を守った。激戦はなおも続いた。

ドゥルヨーダナはクリシュナとアルジュナという「二人のクリシュナ」と交戦したが、アルジュナの無敵の矢は全て鎧によって跳ね返され、ドゥルヨーダナを傷つけることはできなかった。しかしアルジュナは矢を射かけてドゥルヨーダナの弓や戦車を破壊した。

ガトートカチャは羅刹のアランブサと戦った。羅刹同士の戦いはマーヤー（幻術）によるものであった。一方がマーヤーを作り出すと、もう一方が打ち消す。そうして戦ったが、助勢に駆けつけたパーンダヴァたちに矢を射られ、またガトートカチャも無数の矢を射かけて、ついに羅刹アランブサは命を落とした。

サーティヤキはユディシュティラを守っていたが、彼自身の命令でアルジュナを助勢するため王から離れた。サーティヤキの活躍はめざましいものであった。彼はクリタヴァルマンと戦い圧倒した。次に彼はドゥフシャーサナと戦い敗退させた。

ビーマもまたユディシュティラをドリシュタデュムナに託してアルジュナを助けに向かった。ドローナと交戦になり棍棒で戦った。矢で射られながらもドローナを戦車ごと放り投げたが、ドローナはすみやかに別の戦車に乗り込んだ。

カルナがビーマに襲いかかったが、ビーマは矢を彼の胸に打ち込んで敗走させた。アルジュナはようやく厳重に守られたジャヤドラタの近くにたどり着いた。太陽は西の山にかかっていた。アルジュナは矢でジャヤドラタの首を取った。〔7・61～121〕

夜が訪れたが戦闘は続いた。

### ◇ドローナの年齢

神話において年齢はあまり正確には示されないことが多いが、戦争の描写の中で、ドローナは「80歳を超えていた」と語られている。寿命が通常であると想定すると（神話における登場人物の寿命がわれわれと同じとは限らない）、相当な歳で戦場に出たことになる。〔7・101・69〕

### ◇二人のクリシュナ

サンスクリット語の名詞には単数形・複数形のほかに、「二つのもの」を表す「両数形（双数形）」がある。とくに、不可分の緊密な一対を表すときに用いられる。クリシュナとアルジュナはこの両数形で「二人のクリシュナ」＝「クリシュナウ」と呼ばれ、その対としての重要性が示されている。

## ◉主筋23 夜戦

戦闘は夜になっても続いた。双方激しく戦う中、カルナの戦いぶりはめざましいものであった。クリシュナは一計を案じ、ビーマと羅刹女の息子ガトートカチャを呼ぶと、彼にカルナ殺害を命じた。

カルナとガトートカチャは真夜中に戦い合った。双方弓で相手を射たが、その戦いは互角であった。ガトートカチャは矢を大量に射られてヤマアラシのようになったが、それでもマーヤーの力で戦い続け、カルナとクル軍を惑わせた。

カルナはガトートカチャの獅子奮迅の活躍を見て、インドラ神に授かった槍を使う決意を固めた。その槍は、アルジュナ殺害のために取っておかれていたが、ガトートカチャに対して使わざるをえなくなっていた。カルナが槍を現出させると、ガトートカチャは恐れて逃げたが、必殺の槍はかの羅刹の心臓を貫き命を奪った。［7・122～154］

ビーマの息子の死に、パーンダヴァ皆が悲しみに沈む中、クリシュナは大喜びしていた。カルナが無力になったからだ。彼は無敵の耳輪と鎧を着けて生まれたが、それをインドラが奪った。代わりに一度だけ使える無敵の槍を手に入れたが、それが今、ガトートカチャのために使用されて無効となった。つまり、カルナはもはや恐れるべき男ではなくなったのだ。ただの人間になったのだ。

クリシュナはカルナの倒し方をアルジュナに教示した。「彼が注意を怠った時、その戦車の車輪が穴にはまった時に、彼を殺しなさい」と。〔7・155〜156〕

## 戦争第十五日目

◉主筋24

その夜、戦闘は続いた。双陣営とも、眠気に悩まされた。そこでアルジュナは高らかに告げた。「休眠をとりなさい。そして月が昇った時に、戦闘を再開するのだ」。

双陣営はこの言葉に従い、つかの間の眠りを楽しんだ。

夜が残りの三分の一となったとき、戦いが再開された。そしてアルナ（曙の神）が夜を払った。クル軍は半分に分けられ、陣営を整えた。ドローナはその時、ヴィラータ王と、かねてより恨みのあったドルパダ王を死神ヤマの住居へ送りこんだ。

ドローナはアルジュナと戦った。ドローナの弓からは様々な神的武器が発射された。それらをアルジュナは一つ一つ破壊した。ドローナは最強の武器ブラフマ・アストラを現出したが、アルジュナも同じブラフマ・アストラで対抗した。

クリシュナは一計を案じた。「ドローナは息子アシュヴァッターマンが殺されたら戦わないだろう。誰かが戦場で「アシュヴァッターマンが殺された」と叫びなさい」。アルジュナはこの言葉を喜ばなかった。ユディシュティラはしぶしぶ承知した。ビーマは恥ずかしく思いながらも、ドローナの側で「アシュヴァッターマンが殺された」と叫んだが、その時自軍の「アシュヴァッターマン」という名の象を棍棒で殺した上で、「象の」と心の中で付け加えた。ドローナは動揺したが、強力な息子が殺されるはずはないと思い直し、鬼神のように戦い多くの戦士を殺害した。そこに聖仙たちがやってきて、「死の時期がやってきた。戦いはバラモンであるあなたに向かない。一緒に行こう」と言った。

ドローナは、ユディシュティラが正義の人で決して偽りを口にしないことを知っていた。クリシュナはユディシュティラに、今は嘘をつくべき時だと告げた。ユディシュティラは不明瞭に、「象の(アシュヴァッターマン)が殺された」と言った。これ以前、彼の戦車は地上から離れて空中に浮いて走っていた。しかしこれ以後、彼の戦車は地上に触れるようになった。

ドローナは宿敵ドリシュタデュムナと激しく戦ったが、彼の神的武器はもはや現われることはなかった。彼は武器を捨て、戦車の座席でヨーガに専心した。ドローナはこうしてブラフマ・ローカ(梵界)に旅立った。それを見ることができたのは五名のみであった。すなわちサンジャヤと、アルジュナ、バラモンのクリパ、クリシュナ、ユディシュティラであった。そしてついにドリシュタデュムナが父の敵を取ってドローナを殺害した。

父の死を知ったアシュヴァッターマンは、復讐を誓い、水に触れて最強の武器「ナーラーヤナ」

を現出させた。風雨が立ち、雲もないのに雷鳴が聞こえ、大地も海も揺れ動いた。すべては闇に包まれた。神々、悪魔、ガンダルヴァでさえもその武器を恐れた。

それを見てクリシュナは全軍に命じた。「戦車から降り、武器を捨てよ。あの武器は、戦えば戦うほど力を増すが、戦わない者を殺すことはない」。全ての人々はそれに従った。ビーマだけは戦いを続けたが瀕死の状態になり、アルジュナとクリシュナに助けられ、戦車から降りた。こうして武器は無効となり、清らかな風が吹いた。［7・155～165］

## 主筋25 戦争第十六日目

翌日、カルナがクル軍の軍司令官に就いた。

カルナはナクラと戦ったが、彼を敗走させ、クンティーの言葉を思い出し、殺さなかった。

両軍入り乱れて戦い、太陽が西の山にかかるとともに、撤退した。［8・1～21］

## ◉主筋26 戦争第十七日目

カルナとドゥルヨーダナは作戦を練った。カルナは、アルジュナが自分より優れているのは、御者としてクリシュナがいることだと言った。その上で、馬術の神髄を知るシャリヤこそがクリシュナに等しい御者であるとして、彼を御者に指名した。

シャリヤは御者の役を引き受けたが、アルジュナを賛美し、カルナの欠点をあげつらうなどして、ユディシュティラとのかつての約束を実行に移した。すなわち、パーンダヴァを称えてカルナの威光を削ぐ、という約束であった。

激戦が続く中、ビーマはドゥフシャーサナと交戦した。ビーマにとってドゥフシャーサナは、かつて骰子賭博の時に愛しい妻ドラウパディーの髪を引っ掴んで集会場に引きずってきた恨みがあった。ビーマは大地にドゥフシャーサナを倒すと、剣でその喉を裂き、心臓を引き裂いた。そして吹き出す血を飲んだ。その様子はあまりに恐ろしく、人間とは思えないほどであった。

アルジュナとカルナは決戦の時を迎えていた。互いに矢を雨のように射かけて、すさまじい戦いとなった。激しい戦いの最中に、カルナの戦車の車輪の片方が地中に沈んだ。カルナは、戦車をもとに戻すまで待つようにアルジュナに願ったが、クリシュナがカルナのこれまでの悪行をあげつらい、アルジュナもカルナへの憎しみをかき立てられて攻撃を続けた。カルナの殺害を確実にするため、アルジュナが手にしたのは「アンジャリカ（合掌）」という矢であった。それはインドラのヴァジュラのように強力で、光り輝く武器であった。アルジュナはカルナ打倒を祈念しつつその矢を放ち、カルナの首を落とした。

カルナはこうして戦場に倒れた。すると、彼の身体から光があらわれ、天に昇った。

カルナは、自分がそこから生まれた太陽に、還ったのだ。［8・22〜69］

◉主筋27

## 戦争第十八日目

翌日、シャリヤが軍司令官に就いた。シャリヤはユディシュティラを相手に激戦を繰り広げたが、ユディシュティラが「そなたは死んだ」と叫びながら放った神的な槍によって、命を落とした。［9・1〜16］

カウラヴァ軍は司令官を失いつつも戦いを続けた。戦争は混乱をきわめていた。ビーマはカウラヴァ兄弟たちをことごとく殺害していった。最後には百兄弟の生き残りはドゥルヨーダナとスダルシャナのみとなった。

サハデーヴァはシャクニと戦った。敗走しようとするシャクニの軍をドゥルヨーダナが「戦え！」

と言って戦場に押し戻した。サハデーヴァとの戦いを再開したシャクニであったが、多くの矢を射かけられて敗走した。サハデーヴァが「わたしと戦え！」と叫びつつ無数の矢を放つと、シャクニは向き直ったが、サハデーヴァの弓で両腕を切り取られ、次いで首が跳ね飛ばされた。［9・17～28］

パーンダヴァ軍の生き残りは二千の戦車隊、七百の象兵、五千の騎兵、一万の歩兵であった。一方、クル軍の生き残りはドゥルヨーダナ、アシュヴァッターマン、クリパ、クリタヴァルマン、サンジャヤであった。ドゥルヨーダナは敗走して湖の奥深くに隠れた。

ドゥルヨーダナの腹違いの弟で、パーンダヴァ側について戦ったユユツはユディシュティラの許可を得て、嘆き悲しむ女性たちとともにハスティナープラの都に戻った。［9・28］

パーンダヴァはドゥルヨーダナを探したが、彼は水を硬結させて潜んでいたので、見つけることができず、その夜は陣営に撤退した。それを確認したアシュヴァッターマンはクリパ、クリタヴァルマンとともにドゥルヨーダナのもとに行って語りかけた。「私はパーンダヴァの軍を滅ぼすまで鎧を脱ぎません」。

その様子を猟師が見ていて、水の中にドゥルヨーダナが潜んでいることを確信し、パーンダヴァ陣営に行ってビーマに告げた。ビーマは莫大な報酬を与えて猟師を帰すと、ユディシュティラにそのことを伝えた。

ユディシュティラは軍隊を引き連れて湖に向かった。ドゥルヨーダナに語りかけて、一対一の勝負をする約束をした。そこで彼は湖から姿を現した。ビーマとの棍棒戦がはじまろうとしていた。

そこに聖地巡礼をしていたバララーマが戻ってきて、弟子たちの勝負の行方を見守った。［9・29〜32］

ドゥルヨーダナとビーマの激しい棍棒戦が開始された。双方共に傷つきながらも一歩も引かなかった。アルジュナはクリシュナにどちらが優勢なのか訪ねた。クリシュナは、力においてはビーマ、技においてはドゥルヨーダナが勝っており、このままではビーマが負けてしまう、と述べ、「卑怯者に対しては卑怯な手段を用いるべきだ。今ビーマに、かつてドラウパディーを侮辱された時の、その腿を砕いてやるという誓いを思い出させよ」と言った。アルジュナは自らの左腿をたたいてビーマに知らせた。その合図を見たビーマは、戦いの中で勝機を見つけてドゥルヨーダナの腿を棍棒で打ち砕いた。ビーマは言った。「ドラウパディーの恨みを思い知れ」。

バララーマはこの卑劣な勝利に激怒してその場を去った。棍棒戦で腰から下を攻撃することは反則であった。ユディシュティラらはうなだれつつ、陣営に戻った。

クリシュナは「今夜は天幕を出て聖なる行為をなそう」と言い、サーティヤキ、パーンダヴァ五兄弟を連れてオーガヴァティー川の堤に陣営をしいた。ユディシュティラは戦争の結果を報告してもらうため、クリシュナを都に派遣した。

アシュヴァッターマン、クリパ、クリタヴァルマンは瀕死のドゥルヨーダナのもとに駆けつけた。ドゥルヨーダナはバラモンのクリパに、アシュヴァッターマンを最後の軍司令官に任命させた。三人は雄叫びを上げながらその場を去った。ドゥルヨーダナは恐ろしい痛みとともに一人その場に横たわっていた。［9・54〜64］

**◇シャクニの「両腕」**

サハデーヴァは矢でシャクニの両腕を落としてから、首を取った。これは、シャクニのいかさま賭博を背景としたエピソードであると思われる。パーンダヴァとドラウパディーを惨めな目にあわせたいかさまの骰子を振ったまさにその腕を落として、復讐したのだ。

## ◉主筋28 アシュヴァッターマンによる夜襲とドゥルヨーダナの死

アシュヴァッターマン、クリパ、クリタヴァルマンの三人は森に潜んだ。他の二人が眠りに落ちる中、アシュヴァッターマンは怒りのあまり眠ることもできず、周りを見渡していた。すると一羽の梟が、静かに烏の群れに近づき、烏を次々に虐殺し始めるのを見た。

アシュヴァッターマンはひらめいた。その梟のように、夜陰に乗じてパーンダヴァ軍を滅ぼせば

**ドリシュタデュムナを殺すアシュヴァッターマン**

よいのだと。

アシュヴァッターマンは眠る二人を起こして計画を話した。クリパはどうにか引き止めようとしたが無駄であった。

パーンダヴァ陣営に向かうアシュヴァッターマンの前にシヴァ神が現われた。アシュヴァッターマンは自らを供物として祭壇の火の中に入った。シヴァは満足し、一振りの剣を彼に与えた。その様子は、以下のように語られている。

偉大な弓取りアシュヴァッターマンにこのように言ってから、主なるシヴァ神は彼の身体に入った。そして彼に清浄な最高の剣を与えた。主に入り込まれた彼は、威光（テージャス）によってさらに輝いた。神によって注がれた威光によって、彼は戦場において力を有する者となった。敵の野

営地に向かっていくシヴァの化身のような彼に、目に見えない生物や夜叉たちが付き従った。〔10・7・64〜66〕

アシュヴァッターマンはパーンダヴァの陣営に入り込むと、まず父の宿敵ドリシュタデュムナの天幕に向かい、熟睡している彼を蹴りつけ、痛めつけた。彼は動物を殺すように宿敵を殺そうとしていた。ドリシュタデュムナが武器で殺せと言ったが、アシュヴァッターマンは「おまえにはその価値もない」と、急所を蹴り続けてとうとう殺害した。ドラウパディーの五人の息子とシカンディンも倒された。その後も殺戮を続け、火を放ち、敵陣で生きる者は何もいなくなった。三人は大殺戮の成功を喜んだ。

アシュヴァッターマンらは瀕死のドゥルヨーダナのもとに行き、大殺戮の結果を話した。ドゥルヨーダナは満足して息を引き取った。〔10・1〜9〕

### ❖『マハーバーラタ』の三神一体（トリムールティ）

ヒンドゥー教では、ブラフマー、ヴィシュヌ、シヴァの三神が最高神とされている。ブラフマーは世界を創造する神、ヴィシュヌはその世界を維持する神、シヴァはその世界を破壊する神である。

『マハーバーラタ』でも、この三神の投影であると思われる三人の人物が、それぞれの役割を引き継いでいる。

まずはブラフマーの「創造」の役割を持つのはヴィヤーサだ。クル王国の王位継承者断絶の危機を救うため、夫をなくした妃たちと交わって、子をなした。その孫たちが、戦争の主役となった。

ヴィシュヌの役割を持つのはクリシュナだ。物語の要所要所で重要な働きをし、アルジュナを戦争に導いた。

そしてシヴァの役割を担うのは、二人いる。一人はドラウパディーだ。彼女が受けた侮辱が戦争の原因となった。もう一人が、アシュヴァッターマンである。戦争の最後にシヴァの化身となり、ほとんどの生き残りを殲滅した。

このように『マハーバーラタ』においてすでに、ヒンドゥー教のトリムールティが表われているのである。

## ◉主筋29　ブラフマシラス

アシュヴァッターマンの夜襲から逃れられたのは、そこから離れたところに滞在していたパーンダヴァ五兄弟と、クリシュナとサーティヤキの七名のみであった。パーンダヴァはアシュヴァッターマンを追い、ガンジス川の川辺で彼を見つけた。アシュヴァッターマンはこれが最後の勝機と、葦を手に取ると、それを「ブラフマシラス」という武器に変化させた。世界を破滅させる恐ろしい武器であった。するとアルジュナが、同じ「ブラフマシラス」を現出させて、アシュヴァッターマンの武器を無効にしようとした。二つのブラフマシラスが現れたため、世界は異変をきたした。雷が鳴り響き、何千という流星が落ち、天地は鳴動した。

ナーラダ仙とヴィヤーサ仙はあわてて両者を止めた。恐ろしい武器で世界が滅亡することのないよう、武器の撤回を求めた。アルジュナは武器を撤回することができたが、これは神の業であった。アシュヴァッターマンは撤回することができなかった。ブラフマシラスが放たれた地域は、十二年間一滴の雨も降らず大干ばつに見舞われる、呪われた地となる。

アシュヴァッターマンは、その武器をパーンダヴァの妃たちの子宮に放った。彼らの家系を断絶させるために。しかしクリシュナは言った。「アビマニユの妃ウッタラーの腹に宿った息子パリクシットは、殺されても蘇り、生き延びるであろう。パーンダヴァの家系は彼によって栄えるであろう。そしておまえは、胎児殺しの罪として、三千年間誰とも話しをすることなく地上を彷徨うだろう」。

アシュヴァッターマンは彼の頭につけていた宝石をパーンダヴァに渡すと、去って行った。宝石はユディシュティラの頭に置かれた。［10・10〜16］

### ◆ブラフマシラスとブラフマ・アストラ

ブラフマ・アストラ（ブラフマー神の武器）と、ブラフマシラス（ブラフマー神の頭）はどちらも武器であり、原文中でも混同されることがあるが、明らかに異なるものである。

ブラフマ・アストラは何人かの戦士が戦場で用いたが、ブラフマシラスはアルジュナとアシュヴァッターマンにしか用いることができず、現出したのも戦争の後の、この場面のみである。ブラフマシラスの方がはるかに破壊的な武器であることになっている。

## 主筋30　ガーンダーリーの呪い

サンジャヤからカウラヴァ軍全滅の報告を受けたドリタラーシュトラ王は、玉座から落ちて気絶してしまった。ヴィヤーサ仙は王をなぐさめるため語った。そもそもこの戦争は、大地の重荷を軽減する目的で行われた。ドゥルヨーダナはその目的を遂行するために生まれ、目的を成し遂げて死んだのだと。ドリタラーシュトラ王は悲嘆にくれずに生きていく決意を固めた。

王のもとに戦争で夫を亡くした女たちが集まった。パーンダヴァ兄弟も王に会いに行った。ガーンダーリーは自分のかわいい息子たちを殺したパーンダヴァを恨み、呪いをかけるつもりでいた。そこにヴィヤーサが現れ、彼女を諭した。

ガーンダーリーはクリシュナを呪った。「あなたはそれができたのに、この世界の破滅に無関心

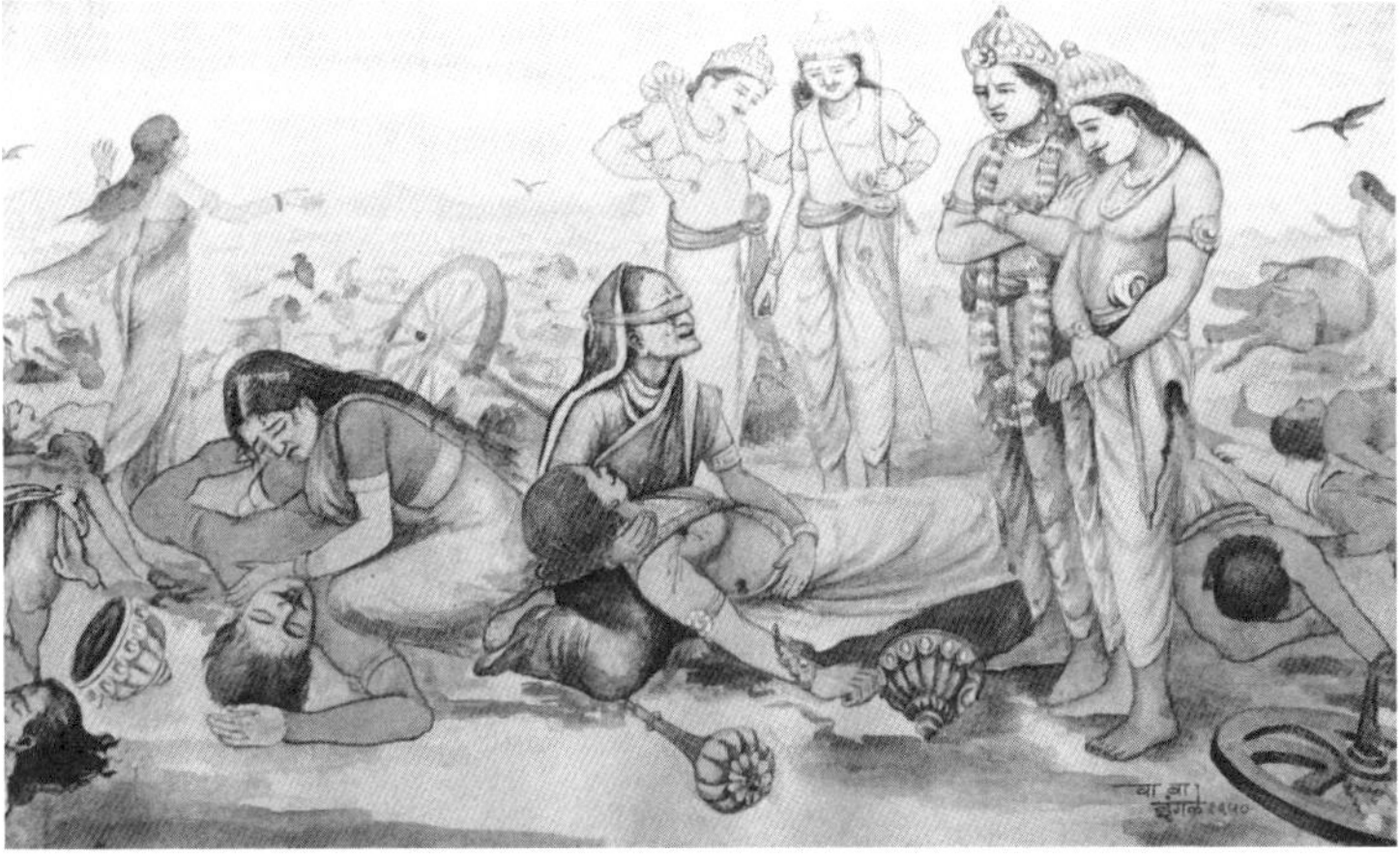

**息子たちの死を嘆くガーンダーリー**

だった。だから、今から三十六年後に、あなたの一族は滅ぶでしょう」。

クリシュナは言った。「私の一族は、外部の者によって破滅することはない。彼らは互いに殺し合って滅ぶことになるだろう」。［11・9〜25］

### ◇女神と女性の呪い

『マハーバーラタ』は英雄たちが戦う戦争物語であるが、物語の基盤を形作っているのは女神や女性である。まず、大地の女神が重荷＝増えすぎた生類の軽減をブラフマー神に訴えたことが戦争の原因となった。次に、ドラウパディーが集会場で辱めを受けたことが、戦争の直接的な原因となった。そしてガーンダーリーの呪いにより、やがてクリシュナの一族であるヤーダヴァ族が滅亡することになる。女神と女性の力が強調されているといえる。

主筋31

# アシュヴァメーダ

ユディシュティラは戦争で死んだ戦士たちの弔いをした後、即位した。

ビーシュマは、矢の床に横たわったまま死なないでいた。彼はユディシュティラに長い教えを説いた後、自らの意思で息を引き取った。ガンガー女神が現れ、息子の死を嘆いた。〔12～13巻〕

ユディシュティラは、戦争の罪を浄めるためのアシュヴァメーダ（馬祀祭）を行うことにし、クリシュナの許可を得た。馬を放ち、行くがままにさせた。アルジュナが馬の守り手に指名され、馬を遮るものがあれば戦って馬を守った。アルジュナはトリガルタ、プラーグジュヨーティシャと戦い、その後サインダヴァ族のもとへ行くが、そこはドゥルヨーダナの妹ドゥフシャラーの嫁ぎ先で、彼女は大戦争で殺されたジャヤドラタ王の妃でもあった。その

アルジュナの死と蘇り

ドゥフシャラーの懇願で、戦闘は中止になった。

次にマニプラにおいてアルジュナは第一の放浪で妻としたチトラーンガダーとの間の息子バブルヴァーハナと戦い、殺されるものの、もう一人の妻である蛇族のウルーピーの持つ宝石を胸に置かれて生き返った。このアルジュナの儀礼的な死は、大戦争におけるビーシュマ殺しの罪を浄めるために必要であったのだ。

その後マガダ国などと戦い、馬と共に帰還した。ユディシュティラはその馬によって大供犠祭をつつがなく執り行った。〔14・70〜91〕

### ◇アルジュナにおける「機能の上昇」

アルジュナは三度放浪の旅をしている。一度目は兄弟の結婚生活の約束を破ったとき、二度目は放浪の旅の途中、三度目がアシュヴァメーダである。これらアルジュナの三つの放浪は、インド＝ヨーロッパ語族の三機能体系説によって解釈することが可能である。第一の放浪は、各地で妻を獲得した旅であり、第三機能（生産、生殖、愛）の旅である。第二の放浪は、武器を得るための、第二機能（戦闘）の旅である。第三の放浪は、祭式に用いる馬を守るための、第一機能（聖性、宗教）の旅である。つまりアルジュナは、三度にわたって単身放浪をするのであるが、その放浪の性質は、第三機能→第二機能→第一機能、というように機能が上昇しており、英雄アルジュナの精神的「純化」を表しているものと考えられる。

## ◉主筋32　死

ユディシュティラは老王ドリタラーシュトラを敬い、十五年間適切に王国を統治した。ドリタラーシュトラは妃ガーンダーリーとともに森に隠棲することにした。クンティーも二人に従った。

ヴィドゥラは森で苦行をしていた。ユディシュティラがヴィドゥラに会いに行くと、彼はユディシュティラの中に入っていって、二人は合一した。ユディシュティラはダルマ神の息子であり分身である。そしてヴィドゥラもまた、ダルマ神の化身であった。それゆえにこの二人は、ヴィドゥラが身体を捨てたことにより、合一することができたのである。

それから二年後、山火事がおこり、森で苦行をしていたドリタラーシュトラ王、ガーンダーリー、クンティーは命を落とした。［15巻］

戦争から三十六年が経った。ガーンダーリーの呪いが成就する時が訪れた。ヴリシュニ族の皆は酒宴を行い、その最中、サーティヤキとクリタヴァルマンが戦争でのできごとを巡って口論を始めた。サーティヤキは狂ったようにクリタヴァルマンの首を剣で切り落とし、止めに入った者たちを斬りつけていったが、そこにいた人々に殺された。サーティヤキを守ろうとしたクリシュナの息子プラデュムナも殺された。

親友と息子の死に激怒したクリシュナは側に生えていた葦を引き抜くと、それを投げつけた。葦は棍棒となって人々を殺害した。アンダカ、ボージャ、シニ、ヴリシュニの人々も葦を引き抜き、棍棒と変わったそれを投げつけて相手かまわず殺戮した。

**クリシュナの死**

クリシュナは兄バララーマを探した。樹にもたれてヨーガに入ったバララーマの身体から一匹の巨大な蛇が現れた。それはバララーマの本来の神的な姿であった。

クリシュナは死期を悟った。そのとき、ジャラー(「老齢」の意)という狩人が鹿を追ってやって来て、ヨーガに入り地面に横たわっているクリシュナを鹿と間違えて射て、その踵を矢で貫いた。こうしてクリシュナは天界に還った。[16巻]

ヴリシュニ族とクリシュナの死をアルジュナから聞いたユディシュティラは「時が来た」と言った。アルジュナは「時です、時です」と繰り返した。この世を去る時が来ていた。ビーマと双子も賛同した。そしてユユツが呼ばれた。ドリタラーシュトラ王がヴァイシャの女との間にもうけた子である。ユディシュティラはユユツに王国を委ね、アルジュナの孫であるパリクシットをクル族の王としてハスティナープラを治めさせ、ヤドゥ族の生き残りであるヴァジュラをインドラプラスタの王とした。

パーンダヴァとドラウパディーは装飾品を捨て、一匹の犬を連れて旅立った。アルジュナはガーンディーヴァ弓と二つの箙を身につけていたが、アグニ神が現れてそれらをヴァルナ神に返すよう命じた。アルジュナはそれらを海に投じた。

**残されたユディシュティラと犬**

六人はヒマーラヤを越え、メール山を前にしたところで、ドラウパディーが倒れた。なぜ彼女が倒れたのか尋ねるビーマに、ユディシュティラは答えた。「ドラウパディーは五人の夫の中でアルジュナに特別に思いを寄せた。それが彼女の罪だ」。

次にサハデーヴァが倒れた。彼の罪は「知恵において自分に匹敵する者はいない」と考えたことだった。

次にナクラが倒れた。「自分より美しいものはこの世にいない」と考えたことが彼の罪であった。

次にアルジュナが倒れた。「力におごったこと」が彼の罪であった。

ビーマの時がやって来た。その罪は「大食らいであること」であった。

ユディシュティラと、一匹の犬だけが残された。インドラ神が天界から彼を迎えにやって来た。ユディシュティラは犬とともに天界に昇りたいと言ったが、インドラは置いていくよう命じた。ユディシュティラは自分に忠実なものを捨てることはできないと主張した。すると犬はダルマ神としての真の姿を現した。こうしてユディシュティラは天界へ迎え入れられた。

しかし天界に弟たちと妻の姿はなかった。ユディシュティラは彼らを求めて地獄に降った。そこに彼らの姿を認めると、ユディシュティラはそこに留まる決意をした。

その時インドラが現れ、全てはマーヤー（幻）であることを説明し、いかなる王も、一度は地獄を見なければならないと説いた。彼は天界に昇り、なつかしい人々と再会した。〔17〜18巻〕

### ◆犬と死

ユディシュティラと最期まで共にいたのは一匹の犬であった。これは、ダルマ神の変身したものであったとされている。

ところで、神話において犬は冥界と関連が深い。ギリシャでは有名な冥界の番犬・ケルベロスがいる。エジプトでは犬科のジャッカルがミイラ処置を司る。インドでも、死の神ヤマには神犬サラマーの息子である二頭の犬が従っているという。サラマーといえば、『マハーバーラタ』の第1巻の冒頭にも登場する。〔1・3〕

『マハーバーラタ』の最初と最後に登場する神的な犬。これは何を意味しているのだろうか。

それはやはり、『マハーバーラタ』というこの大叙事詩が、「死」をテーマとする物語であることと関連していると思われる。この大叙事詩は、ほんの数名しか生き残らない、大戦争の物語なのだ。死の物語なのだ。そこで、神話的に死と結びつく犬が、最初と最後に登場することになったのだろう。

### ◇ユディシュティラの「三度」の試練

ダルマ神は地獄で息子に、「これが三度目の試練だったのだ」と言った。一度目はドゥヴァイタの森で夜叉に変身したダルマがユディシュティラと法に関する問答をしたとき。二度目は犬として現れたとき。そして地獄での場面が三度目であったのだ。

アルジュナも三度の試練を経ているが、ユディシュティラも同様に「三度」である。

## ◎挿話1 マータリの地底界遍歴1　ヴァルナ／ヴァールニーの御殿

インドラの御者マータリは、娘グナケーシーの婿探しを始めた。心の眼によって神々と人間の間を探すがふさわしい相手は見つからない。神々、悪魔、ガンダルヴァ、人間、聖仙の間にも気に入る婿は見つからない。そこでマータリは、竜族の間に婿を求め、地底界／地界に旅立ち、ナーラダ仙を案内役として様々な異界を見て廻った。

以下、挿話6まで、筆者の訳でマータリの旅を紹介したい。

ナーラダ仙は言った。

「全て黄金でできた、ヴァールニーを伴うヴァルナの住処を見よ。彼女（ヴァールニー＝スラー）を得て、神々（スラ）は神々たること（スラター）を得た。マータリよ、王国を奪われたダイティヤ（アスラ、悪魔）たちの輝くあらゆる武器がここに見られる。それらは実に不滅で、流転し、神々に得られた。それを用いるためには力を必要とする。ここにはラークシャサ（羅刹）の種族とブータ（鬼霊）の種族がいる。彼らは神的な武器を持っていたが、かつて神々に征服された。

ここヴァルナの深い海において、巨大な輝きを有する海中の火が、眠ることなく燃えている。また煙を伴わない火を放つヴィシュヌの円盤がある。ここに、世界を滅ぼすために作られた、サイの角(ガーンディー)でできた弓がある。それは神々によって常に護られている。それがガーンディーヴァ弓である。それは用いられるべきことが起きると、常に必ず十万の弓の力を発揮する。

これが、ヴェーダを唱えるブラフマー神によって最初に作られた杖である。これは羅刹のような王たちのうち、処罰しがたい者たちを罰する。これは、大インドラによって作られた人間の王たちの武器である。水の主(ヴァルナ)の息子たちがその輝かしい武器を持っている。

この傘の保管庫に、水の王の傘がある。それは雲のように、一面に冷たい水を降らせている。その傘から、月のように清らかな水が降る。しかしそれは、闇に満たされて見ることができない。

マータリよ、ここには多くの驚異が見られる。しかしあなたのなすべきことの妨げになるから、長居せずに、我々は行こう」。〔5・95〜96〕

### ◇武器の宝庫としてのヴァルナの宮殿

様々な武器が海底のヴァルナの宮殿にあるとされる。ダイティヤ(アスラ)たちのあらゆる武器、ヴィシュヌの円盤(スダルシャナと思われる)、ガーンディーヴァ弓(アルジュナの武器)、ブラフマー神の杖(神話上の武器ブラフマ・ダンダ「梵杖」と思われる)、人間の王たちの武器など。

## ◎挿話2……………マータリの地底界遍歴2　パーターラ

ナーラダ仙は言った。

「ここ竜（ナーガ）の世界の臍に位置する場所に、ダイティヤとダーナヴァ（ともにアスラのこと）が多く住む、パーターラと呼ばれる町がある。動不動の生類はいかなる者であっても、水とともにそこに行って入ると、恐怖にさいなまれ、大声で叫ぶ。

そこで、水を食べる、アスラである（神聖な）火（海中の火）が、常に燃えている。それは行動を制御し、己の限界を知っている。ここでアムリタが、敵を倒した神々によって飲まれてから、置かれた。

ここから、月の満ち欠けが見られる。ここで、月相の変わり目ごとに、神聖な馬の頭が現れる。それは金色に輝き、世界を水で満たす。ここでは、全ての水を身体とするものが落ちる（パタンティ）から、この最高の町はパーターラと呼ばれる。世界にとって有益なインドラのアイラーヴァタ象は、ここから冷たい水を取って、雲に注ぎ、それをインドラは雨として降らせる。

ここに、様々な姿をした種々の大魚（あるいは鯨）たちが住んでいる。それらは水中で月の光を飲み、水中を動く。ここで、パーターラの底に住む者たちは、太陽の光線によって貫かれて、昼の光のために死に、夜になると生き返る。ここで常に光線に包まれた月が昇る時、月はアムリタに触れてから、生類に触れて蘇らせる。

ここには、非法（アダルマ）に専心し、カーラ（時間・破壊神）に束縛されて苦しめられ、インドラに栄光を奪われたダイティヤたちが住んでいる。ここでは、ブータパティという名の、全ての生類の偉大なる主（シヴァ）が、全生類の繁栄のために、最高の苦行を行じている。

ここに、牛の誓戒を守るバラモンたちが住んでいる。彼らはヴェーダの詠唱によってやつれ、生命を捨てて天界を獲得した、偉大なる聖仙である。常にいかなる所でも眠り、いかなるものも食べ、いかなるものでも着る、そのような者を、「牛の誓戒を守る者」と言う。

象王アイラーヴァタ、ヴァーマナ、クムダ、アンジャナ、これら最高の象たちはスプラティーカの家系に生まれた。見よ、マータリよ、もしここに美質においてあなたの気に入る婿がいたら、我々は努力して彼のもとへ行き、婿に選ぼう。

ここに、美しく輝いている卵が水中に置かれている。それは生類の創造以来、壊れることなく、動くこともない。その誕生や創造が語られるのを私は聞いたことがない。誰もその父や母を知らない。終末の時、そこから大火が生じ、動不動の生類を伴う三界全てを焼くであろうと言われている」。〔5・97〕

### ◇月と不死

月と不死の飲料アムリタとが結びつけられ、月が生き物たちを蘇らせるとされている。満ち欠けを繰り返す月は、世界の神話で死と再生の象徴である。

日本でも『万葉集』に、月に「をち水」、若返りの水があることになっている。

◇宇宙卵

本書の第1章の序に記したとおり、『マハーバーラタ』は宇宙卵の記述から始まる。原初の時に現われた卵である。そこから世界が生じた。その卵が、パーターラに世界の終わりの時まで存在し、時が来ると世界を火で滅ぼすのであるという。

## ◎挿話3　マータリの地底界遍歴3　ヒラニヤプラ

ナーラダは言った。

「これは、ヒラニヤプラと呼ばれる美しい大都市で、ダイティヤとダーナヴァに属し、幾百ものマーヤー(幻力)で動き回る。それはヴィシュヴァカルマンの少なからぬ努力によって建てられ、マヤ(アスラの建築師）が思考によって設計したもので、パーターラの表面に建っている。ここに、幾千のマーヤーを発揮し、非常に勇猛なダーナヴァたちが住んでいた。彼らは強力で、かつて恩寵を与えられた。インドラや、その他ヴァルナ、ヤマ、クベーラによっても、彼らを支配下に置くことはできなかった。

ヴィシュヌの足から生まれたカーラカンジャというアスラたちや、ブラフマーの足から生まれたヤートゥダーナというナイルリタ（悪魔）たちが、ここにいる。彼らは牙を持ち、恐ろしい姿をし、疾風のように強力である。マーヤーと勇力を持ち、自らを守りながらそこに住んでいる。

また、ニヴァータカヴァチャという名の、戦を好むダーナヴァたちがここにいる。あなたも知っているように、インドラも彼らを征服することはできない。マータリよ、あなたと、あなたの息子ゴームカと、神々の王インドラとその息子は、何度も彼らに打ち破られた。

マータリよ、金銀でできた家々を見よ。それらは規定に沿った仕事によって仕上げられている。猫目石により緑色で、珊瑚により輝かしく、水晶のように明るく、ダイヤモンドのように光り輝く。それらは土や木や石でできているように見えた。あるいは、星々のようにも見えた。太陽のようにも見え、燃える火のようにも見えた。宝石をちりばめた窓で美しく、高くそびえ、密集している。その形状、素材、質を示すことはできない。それらは完成され、大きさと美質を有する。ダイティヤたちの遊園を見よ。寝台や、宝石をちりばめた高価な食器、座席を見よ。雲のような、滝を伴う山々を見よ。望みのままに花と実をつけ、望みのままに動く木々を見よ。

マータリよ、ここに誰かあなたの気に入る婿はいるか。あるいは、もしあなたが望むなら、大地（地底界）の他の方向へ行こう」。［5・98］

### ◆豊かな都としてのヒラニヤプラ

アスラの都ヒラニヤプラについては、『マハーバーラタ』の他の箇所で、アルジュナによって次のようにも説明されている。マータリと共にアスラ退治に出かけたときの描写である。

アルジュナは言った。「私は引き返しながら、意のままに動き、神聖で、火や太陽のように輝く別の大きな都を見た。そこには宝石で作られた輝かしい木々や、輝く鳥たち、常に喜んでいるパウローマ族とカーラケーヤ族がいた。その都はゴープラ門と塔を備え、四つの門があり、攻め難く、あらゆる宝石で作られ、神聖で、最高に素晴らしい外観をしていた。花と果実をつけた、神々しい宝で作られた木々で覆われ、非常に魅力的で神聖な鳥たちに満ちていた。槍や剣や棍棒の武器を持ち、弓や槌を手にし、花輪をつけた、常に喜ぶアスラたちによって一面おおわれていた。私はこのダイティヤ（アスラ）たちの素晴らしい外観を持つ都を見て、御者のマータリに尋ねた。ここに見える都は何か、と」。

マータリは言った。「プローマーというダイティヤの女と、カーラカーという大アスラの女がいた。彼女たちは神々の千年の間、最高の苦行を行った。苦行の終わりに、ブラフマーは彼女たちの望みを叶えてやることにした。彼女たちは、息子たちにわずかな不幸もないこと、神々、ラークシャサ、蛇によって殺されないことを望んだ。そして、この都がブラフマーによってカーラケーヤ族（カーラカーの一族）のために作られた。その都は空中を動き、善行で美しく輝き、あらゆる宝石に満ち、神々、ヤクシャ、ガンダルヴァの群れ、蛇とアスラとラークシャサによっても不可侵で、全ての願望と美質を備え、悲しみを離れ、病のない都であった。パウローマ族（プローマーの一族）とダイティヤのカーラケーヤ族が住む、この空中を移動する神聖な都は、神々にも妨げられることなく動いている。この大きな都はヒラニヤプラ（「黄金の都」）と呼ばれており、カーラケーヤ族と大アスラのパウローマ族によって守られている。彼らは常に喜び、あらゆる神的存在によっても滅ぼされることなく、恐怖

もなく平安に暮らしている。しかし、人間が彼らに死をもたらすと、かつてブラフマーが定めた」。［3・170・1～12］

一見、殺伐とした地獄にでも住んでいるのがふさわしいように思えるアスラたちであるが、意外にもその都は黄金郷、楽園なのである。

◆水平的世界観

ヒラニヤプラは、一方では地底界（パーターラの表面）に建っており、他方では空中を移動するとされている。地底と空界の近さを示すか。あるいは両者が混同されているか。いずれにせよ、厳密に区分された垂直的な世界観ではなく、ゆるやかに全世界がつながっている、水平的世界観を感じさせる。

## ◎挿話4 マータリの地底界遍歴4 スパルナ（鳥族）の世界

ナーラダは言った。

「これが、蛇を食べる鳥スパルナたちの世界である。勇猛さと飛行、重荷を背負うことにおいて、彼らにとって疲労はない。御者よ、ヴィナターの息子（ガルダ）の六人の息子たちによって、この一族は発展した。すなわち、スムカ、スナーマン、スネートラ、スヴァルチャス、鳥の王スルーパ、スバラ。マータリよ。ヴィナターの一族の担い手たちによって、子孫は繁栄した。幾千幾百という高貴な鳥の王たちの家系は繁栄した。彼らはまたカシュヤパ（ヴィナターの夫）の家系にも属し、繁栄を増大させる。彼らは全て繁栄とともにあり、皆シュリーヴァトサ（卍）の印を持っている。皆繁栄を望み、強力である。彼らは行為においてクシャトリヤ（戦士）であり、憐れみを持たず蛇を食する。親族を滅ぼす行為により、清浄な状態を得ることはない。

マータリよ、もしここでいずれかが良いと思わないなら、我々は他へ行こう。あなたが望ましい婿を見つけるような場所へあなたを連れて行こう」。［5・99］

## ◆地底界に鳥族の世界？

地底界を旅しているはずだが、天空か空中の方がふさわしいと思われる鳥の世界に立ち寄っている。地底界は天界とつながっている、という観念が見て取れる。やはり水平的世界観である。

## ◆鳥と蛇は親族

ガルダ鳥と蛇族ナーガはともにカシュヤパ仙を父に持ち、それぞれの母ヴィナターとカドルーは姉妹である。敵対関係にあるこの二種族は、親族なのだ。このことに関して、神々とアスラがともにブラフマー神を祖父とする従兄弟同士であり、パーンダヴァとカウラヴァがともにヴィヤーサを祖父とする従兄弟同士であることも想起される。

## ◎挿話5……マータリの地底界遍歴5　ラサータラ（第7の地底界）

ナーラダは言った。

「ここが、ラサータラという名の、第七の地底界である。ここに、牛たちの母である、アムリタから生まれたスラビがいる。彼女は常に地上における最上のもの（甘露）を産み出す乳を送り出す。それは六つの味覚のうちの最上のものによって、一つの最高の味となっている。かつてブラフマー神がアムリタに満足して精髄を吐き出した時、その口からこの非の打ち所のない牝牛が生まれた。地面に落ちた彼女の乳の流れから、乳をたたえた湖が作られた。それは最高に清らかなものである。それは花のような泡に囲まれている。そこに泡を飲む最高の聖者たちが泡を飲みながら住んでいる。彼らは泡を食べるから「泡を飲む者」と呼ばれる。彼らは激しい苦行を行っており、神々も彼らを恐れる。

マータリよ。スラビから生まれた他の四頭の雌牛たちが全ての方角に住んでいる。それらは諸方を守り諸方を支えていると伝えられている。スルーパーという名のスラビの娘は東方を支える。ハンサカーは南方を支える。ヴァルナに属する西方はスバドラーによって支えられる。この雌牛は非常に強力で、あらゆる姿をとる。サルヴァカーマドゥガーという名の雌牛が北方を支えている。そこは神聖で、イラヴィラーの息子クベーラによって支配されている。神々はアスラたちとともに、マンダラ山を攪拌棒にして、これらの雌牛たちの乳と混ざった水を、海においてかき混ぜた。そしてヴァールニー（酒の女神）、ラクシュミー、アムリタ、馬の王ウッチャイヒシュラヴァス、宝珠カウストゥバが生じた。スラビは乳を出し、スダー（神々の飲料）を摂る者にはスダーを、スヴァダー（祖霊への供物）を食する者にはスヴァダーを、アムリタを食する者にはアムリタをもたらす。かつてここラサータラに住む者たちによって詩句が唱えられた。その古い詩句は世界中で賢者たちによって聞かれ、唱えられている。竜の世界においても、天界においても、天宮ヴィマーナにおいても、インドラの世界トリヴィシュタパにおいても、ラサータラにおけるほど生活は快適ではない」。［5・100］

### ◆大地を支える「牛」モチーフ

地下世界にスラビの娘である牛たちがいて、大地を支えているとされている。大林太良によると、「世界を支えている牛が動くと地震がおきる」という話が、アフリカからインドネシアにかけて、イスラム圏に特徴的に見られるという。起源はイラン神話の原初の牛・原牛かと思われる。また、古代イランの神話に、「原初海洋に一匹の雄牛がいて、その角の上に大地を支えていた、そしてその牛が大地に生命を吹き込んでいた」という神話もある。(1)

雌雄の違いはあるものの、世界が牛によって支えられている、というモチーフを見て取ることができる。

## ◎挿話6……マータリの地底界遍歴6 ボーガヴァティー(竜の世界)

ナーラダは言った。

「これが、ヴァースキに守られたボーガヴァティーという名の都である。それは神々の王インドラの最高の都アマラーヴァティーのようである。ここにシェーシャ竜がいる。強力で、世にも優れた苦行を行う彼によって、この大地は常に支えられている。彼は白い山のような姿をしていて、様々な種類の飾りを身につけ、千の頭を持ち、炎のような舌をしていて、強力である。ここに、スラサーの息子である竜たちが住んでいる。彼らは種々の姿を取り、様々な種類の飾りをつけ、あらゆるわずらいを免れている」。

マータリはそこで美しい蛇のスムカを見出し、娘の婿に決めた。〔5・101〕

### ◇美しい蛇

スムカという名前は、「美しい顔」という意味である。インドラの御者の娘神にふさわしい夫の資質は、どうやら「美しさ」にあったようだ。

## ◎挿話7　マーダヴィー物語

ヤヤーティ王の娘マーダヴィーは「四つの家系を確立させる者」であった。彼女は四人の男と次々に結婚して、彼らとの間に一人ずつ息子を儲けた。その話は、以下のようなものである。

大聖仙ヴィシュヴァーミトラに、ガーラヴァという名の弟子がいた。ある時ヴィシュヴァーミトラは、ガーラヴァの修行と献身に満足して、自分のもとを去ることを許可した。ガーラヴァは師に何か謝礼を払いたいと思い、師が何もいらないと言うにも関らず、何度も「何を差し上げればよいでしょうか」と尋ねた。すると機嫌を損ねたヴィシュヴァーミトラは、「月光のように白く、片耳が黒い、八百頭の馬」を求めた。この払えそうにもない要求を聞いて、ガーラヴァが途方に暮れて自殺を思案していると、彼の友人である霊鳥ガルダがやって来て、ガーラヴァを乗せて世界を飛び回り、ヴィシュヴァーミトラが求めた馬を探した。しかしそのような馬はどこにも見当たらなかったので、ガーラヴァとガルダは相談して、まず馬を得るための財産を手に入れようと考え、多くの富を有する王仙ヤヤーティのもとへ行くことに決めた。

ガルダとガーラヴァはヤヤーティに面会し、事情を話したが、ヤヤーティは以前ほど豊かではなくなっていたために、望み通りの馬を二人に与えることはできなかった。その代わりに彼は、次のように言って、自分の娘を二人に与えることにした。

「この私の娘マーダヴィーは、四つの家系を確立させる者である。彼女はその美しさによって、いつも人間や神やアスラたちに切望されている。王たちは彼女を得るために、婚資として王国でさえも差し出すだろう。ましてや八百頭の馬など容易いことである。それ故、この私の娘を連れて行きなさい」。

マーダヴィーを連れたガーラヴァとガルダは、婚資を贈れる王のことを考えながら、イクシュヴァーク家に属するハリアシュヴァ王を訪れ、月光のように白く片耳が黒い八百頭の馬を婚資として、マーダヴィーを与えようと申し出た。王はマーダヴィーの非の打ち所のない美貌に魅了され、また子孫が欲しいという望みにかられたが、彼はそのような馬を二百頭しか持っていなかった。そこで王は、二百頭の馬の代わりに、自分がマーダヴィーとの間に一人だけ子を儲けることを提案した。

するとマーダヴィーはガーラヴァにこう言った。「私は子を生むたびに処女に戻るという恩寵を授かっているので、二百頭の馬と引き換えに、この王に私を与えて下さい。四人の王たちによって、あなたは望みのものを得ることができるでしょう」。ガーラヴァは彼女の言葉通り、婚資の四分の一でハリアシュヴァ王に彼女を引き渡した。やがて二人の間に、ヴァスマナスという名の息子が生まれた。その子はヴァス神群よりも裕福で、富神ヴァスのような、富を与える王となった。

ハリアシュヴァ王に子が生まれると、ガーラヴァは約束通り宮殿に戻ってきて、マーダヴィーを連れて出て行った。マーダヴィーは処女に戻って、ガーラヴァの後に従った。

次に彼らはビーマセーナの息子であるディヴォーダーサという王のもとへ行った。この王はすでにマーダヴィーとハリアシュヴァとの間にあったことを知っていて、自分も同じようにしたいと望んでいた。そこでガーラヴァは、ハリアシュヴァの場合と同様に、二百頭の馬の代わりに、この王がマーダヴィーとの間に一人の息子を儲けることを認めた。二人の間にプラタルダナという息子が生まれると、ガーラヴァは戻ってきてマーダヴィーを連れて行った。

次に二人はウシーナラ王のもとへ行き、以前と全く同じことをした。マーダヴィーはウシーナラの子として、シビという名の息子を生んだ。ガーラヴァはマーダヴィーを取り戻して出発すると、友であるガルダに出会った。ガルダは二人にこう言った。「求めている残り二百頭の馬はもう手に入らないだろう。六百頭の馬とその娘を連れて、ヴィシュヴァーミトラ仙のもとへ行きなさい」。ガーラヴァはガルダの助言に従い、マーダヴィーと六百頭の馬を連れて師のもとへ戻り、師に向かってこう告げた。「六百頭の馬と、この娘をお受け取りください。この娘との間に、一人の息子を儲けてくださいさい。そうすればあなたは、八百頭の馬を手に入れたのと同じことになります」。ヴィシュヴァーミトラは満足して馬を受け取り、マーダヴィーとの間にアシタカという名の息子を儲けた。そしてヴィシュヴァーミトラは弟子にマーダヴィーを返すと、六百頭の馬を息子のアシタカに与えて、森へ去った。ガーラヴァはマーダヴィーに次のように言ってから、彼女をヤヤーティ王のもとへ返した。

「あなたによって、気前よく与える息子と、勇士である息子と、真実と法に専心する息子と、祭式を行う息子が誕生した。さあ、帰りなさい、腰つき美しい娘よ。あなたの父はあなたの息子たちによって救われ、四人の王と私も救われた。美しい胴の娘よ」。

マーダヴィーは父のもとに帰った。ヤヤーティ王は娘のスヴァヤンヴァラを催したが、マーダヴィーは「森」を夫として選び、苦行をし、鹿のような生活を送った。〔5・104～118〕

## ◆三機能を総合する女神の系譜

ガーラヴァによって言い表されたマーダヴィーの四人の息子の性質は、デュメジルによっても指摘されているように、インド＝ヨーロッパ語族の三つの機能と関連している。気前よく与える（ダーナパティ）息子とは、すなわちマーダヴィーが最初に生んだヴァスマナスのことで、気前の良さや裕福さを特徴とすること、また富神たちであるヴァス神群と比されていることなどから、第三機能（生産性）の性質を有している。次の勇士である（シューラ）息子は、第二機能（戦闘）を体現している。真実と法に専心する（サティヤダルマラタ）息子と、祭式を行う（ヤジュヴァン）息子はどちらも、宗教と関ることから第一機能である。

三つの機能のそれぞれの分野を表す四人の息子を生んだマーダヴィーは、その全員の母であることによって、三機能の全ての分野と関連を有しており、三つの機能を総合する存在であると考えられる[2]。

このようなマーダヴィーの役割は、ドラウパディーと似ているところがある。マーダヴィーは三機能の各分野を体現する四人の息子の母であることによって三機能を総合しているが、ドラウパディーの場合は、三機能の各分野を体現する五人の夫の共通の妻であることによって、三つの機能を総合している。さらに、マーダヴィーは四人の男と次々に結婚して彼らとの間に一人ずつ息子を儲けたが、ドラウパディーも、五人の夫と交代で夫婦の交わりを持ち、その夫たちとの間にやはり一人ずつ王子を儲けている。

# ◎挿話8　死の女神の誕生

インド神話において死神は男神ヤマであるが、それとは別に、死の女神というのもいる。名前も「死」そのものの、ムリトゥユである。ヤマとムリトゥユの関係は『マハーバーラタ』5巻42章で童子の姿をした永遠の賢者サナツジャータによって語られるが、難解である。ムリトゥユの誕生について、次のような神話がある。

創造神ブラフマーは多くの生類を創造したが、それらは皆死なかったために大地に溢れ、大地の女神を苦しめた。ブラフマーはその過剰な生命をどうすればよいか分からず苛立ち、体から怒りの炎を発し、世界を燃やした。そこに、生類の滅亡を案じたシヴァ神がやって来て、ブラフマーを制止し、生類を滅ぼす代わりに、彼らを何度でも死ぬようにし、そして何度でもこの世に帰って来ることができるようにすることを勧めた。ブラフマーはシヴァの助言に従って死の女神ムリトゥユを創造した。死の女神は赤と黒の衣装をまとい、輝くばかりの装身具を身に着けて現れた。ブラフマーは彼女に生類を殺すことを命じた。ムリトゥユはこの命令を嫌がり、非常に長い間苦行を行ったが、ブラフマーの再三の命令についに折れて、人間の最後の時に欲望と怒りを送って彼らを殺すことにした。また、彼女が人間を殺すことを嫌がって流し

た涙は病となって、人間の命を奪うようになった。〔12・248〜250〕

### ◇死と女神

死は、神話において多くの場合女神の領域である。女神は世界に生命をもたらす「生」の役割を果たすが、その自らが生み出した命に全責任を持たねばならない。すなわち、命を「回収」しなければならない。そこで、「死の女神」として現れて、全生類に死をもたらすのである。日本のイザナミや、ポリネシアのヒネ、ゲルマンのヘルなどが「死の女神」である。

## ◎挿話9　シュリーと雌牛

美と愛と豊穣の女神シュリー（ラクシュミー）は『マハーバーラタ』の新しい層以降においてヴィシュヌ神妃としての地位を確立するが、それ以前は独立した女神であって、多くの神話の中で浮気な性質を強調される。例えば『マハーバーラタ』13巻には、なぜシュリーが雌牛の糞の中に住まうとされているのかを説明する神話が語られているが、その中でシュリー自身と雌牛たちによって、この女神の浮気な性質が述べられている。次のような話である。

ある時シュリーは美しい娘の姿をして、雌牛の群の中に入っていった。その美しさに驚いた雌牛たちは、彼女に尋ねた。「地上において比類ない姿をした女神よ、あなたは誰ですか。どこから来たのですか。素晴らしいお方よ、我々はあなたの美しさに驚かされました。あなたについて知りたいと望みます。あなたが誰なのか、どこへ行こうとしているのか。輝かしい美貌を持つ者よ、これら全てのことについて、正しく語って下さい」。

シュリーは答えた。「私は人々に愛される者で、シュリーという名で知られています。あなた方に幸運を。ダイティヤたちは私に捨てられて永遠に敗北してしまいました。インドラ、ヴィヴァスヴァット、ソーマ、ヴィシュヌ、ヴァルナ、アグニ、そして聖仙たちや神々は、私を得て繁栄しています。私が嫌う者は、完全に滅び去ります。その者たちはダルマ（法）とアルタ（実利）とカーマ（愛）を失った、不幸な者となります。輝かしい雌牛たちよ、私を、幸福を与える者であると知りなさい。私はあなた方全ての中に、いつも住むことを望みます。穢れないものたちよ、あなた方は幸運（シュリー）を有するものとなりなさい」。

雌牛たちは言った。「あなたは落ち着きがなく、移り気で、多くの者たちによって共有されます。そのようなあなたを、我々は望みません。あなたに幸運を。望む所に行って下さい」。

シュリーは言った。「あなた方に相応しいものである私を、なぜ今、あなた方は享受しないのですか。得がたく善良な女である私を。非常に過酷な苦行を行って、人間、神々、ダーナヴァ、ガンダルヴァ、ピシャーチャ、ナーガ、ラークシャサたちは私を享受します。雌牛たちよ、私を受け入れなさい。動不動の生類を有する三界において、月のように美しい私は、決して軽視されるべきではありません」。

雌牛たちは言った。「あなたは落ち着きがなく、浮気な性質です。だから我々はあなたを避けるのです。さあ、行きなさい。我々にとってあなたが何の役に立ちましょう」。

シュリーは言った。「あなたたちの拒絶によって、私は全世界において不名誉な者となるでしょう。好意をかけて下さい。私を救って下さい。私はたとえ卑しい場所であっても、あなた方の中に住むことを望みます。あなた方の身体において、卑しい場所はどこにも存在しませんし、見出されませんが。誉れ高く清らかな雌牛たちよ、私の申し出を叶えて下さい、私が住む場所を教えて下さい」。

慈悲深い雌牛たちは皆で相談して、シュリーに言った。「我々はあなたに敬意を払います。あなたは我々の糞と尿に住みなさい。我々のそれは神聖ですから」。

シュリーは言った。「そのようにいたしましょう」。〔13・81・3〜24〕

### ◇浮気な女神としてのシュリー

ヴィシュヌ神妃以前のシュリーは、クベーラ、ダルマ、インドラ、軍神カールッティケーヤ（スカンダ）などの様々な男神との関係が知られている。

不思議なことにシュリーは豊穣の女神でありながら、おそらく自らは子どもを生まない。ヴィシュヌとの間に子がいたという話は少なくとも『マハーバーラタ』には見られない。シヴァが妻たちと子どもらと共に豊かな「家族図」を形成しているのと対照的である。ヒンドゥー教の神界において、生産の力は男神であるシヴァに集中させられたように見える。

注

（1） 大林太良『神話の話』（講談社学術文庫、一九七九年）八七～八九頁。
（2） Dumézil, *Mythe et Épopée* II, Gallimard (Paris), 1971, p.323.

# おわりに

私の『マハーバーラタ』との付き合いは、師の一言から始まった。

学習院大学大学院に入学し、吉田敦彦先生とはじめて面談したときのこと。「あなたは『マハーバーラタ』を勉強しなさい」と先生はおっしゃった。先生は、デュメジル先生に『マハーバーラタ』を勉強するように言われていたが、ご自分はなさらなかった、それで、それを私に託してくださったのだ。それ以降、この巨大で魅力にあふれる書物は、私の生涯の研究対象となった。私と『マハーバーラタ』を引き合わせてくださった師・吉田敦彦先生に、心より感謝申し上げる。

その頃、故上村勝彦先生が『原典訳　マハーバーラタ』に取り組んでおられた。私は東方学院で先生からサンスクリット語を教わるとともに、先生のご厚意で、東京大学の先生の研究室の隣室で勉強する機会を与えていただいた。豊富な資料に囲まれた、二つとない環境であった。「ここは『マハーバーラタ』研究のセンターですよ」と自慢げにおっしゃっていたのを、昨日のことのように思い出す。

そもそも私とインド神話の出会いは、東海大学の学部在籍中に、故小倉泰先生のゼミでサンスクリット語とインド神話とキャンベルを学んでいたときに遡る。先生は私の興味を大切に育ててくださった。

他にも多くの方々のご助力で、これまで研究を続けることができた。皆様に感謝申し上げる。

最後になったが、編集の武内可夏子さんには、本書の企画から編集、刊行までたいへんお世話になった。深謝申し上げる。

二〇一九年一月末日

自宅で猫のロシムを眺めながら

沖田瑞穂

# 参考文献


## 原典と翻訳

*The Mahābhārata*, 19vols. for the first time critically edited by V. S. Sukthankar. Bhandarkar Oriental Research Institute (Poona), 1933-1966.

*The Mahābhārata*, 5vols. text as constituted in its critical edition. Bhandarkar Oriental Research Institute(Poona), 1971-1975.

上村勝彦訳『原典訳　マハーバーラタ』1〜8巻、ちくま学芸文庫、二〇〇二〜二〇〇五年

*The Mahābhārata*, 1-10, translated by Bibek Debroy, Penguin Books India, 2010-2014.

*Mahābhārata*, translated into English from original Sanskrit text By M. N. Dutt, Reprinted in 7vols, Parimal Publications (Delhi), 1997. (Original edition: *A prose English translation of the Mahābhārata*, 3vols. translated literally from the original Sanskrit text by M. N. Dutt. Calcutta, 1895-1905.)

## 研究

沖田瑞穂『マハーバーラタの神話学』弘文堂、二〇〇八年

上村勝彦『インド神話』東京書籍、一九八一年（ちくま学芸文庫、二〇〇三年）

吉田敦彦『日本神話と印欧神話』弘文堂、一九七四年

ジョルジュ・デュメジル著、松村一男訳『神々の構造』国文社、一九八七年

Bedekar, V. M. “The Legend of the Churning of the Ocean in the Epics and the Purāṇas: A Comparative Study”, *Purāṇa* 9. 1 (Jan. 1967): 7-61.

Dumézil, Georges. *Mythe et Épopée*. I. Gallimard, 1968.

Hiltebeitel, Alf. *The Ritual of Battle*. Cornell University Press, 1976.

McGrath, Kevin. *Strī : women in epic Mahābhārata.* (Ilex Foundation series, 2). Ilex Foundation, Center for Hellenic Studies, Trustees for Harvard University, Distributed by Harvard University Press, 2009.

McGrath, Kevin. *Heroic Kṛṣṇa : friendship in epic Mahābhārata.* (Ilex Foundation series, 9), Ilex Foundation, Center for Hellenic Studies, Trustees for Harvard University, Distributed by Harvard University Press, 2013.

McGrath, Kevin. *Arjuna Pāṇḍava : the double hero in epic Mahābhārata.* Orient Blackswan, 2016.

McGrath, Kevin. *Rāja Yudhiṣṭhira : kingship in epic Mahābhārata.* (Myth and poetics II). Cornell University Press, 2017.

McGrath, Kevin. *Bhīṣma Devavrata : authority in epic Mahābhārata.* Orient Blackswan, 2018.

Sullivan, Bruce M. *Seer of the Fifth Veda.* Motilal Banarsidass, 1999.

Wikander, Stig. "Pāṇḍavasagan och Mahābhāratas mytiska förutsättningar", *Religion och Bibel, Nathan Söderblom-sällskapets Årsbok* VI(1947): 27-39.

Wikander, Stig. "Nakula et Sahadeva", *Orientalia Suecana* VI(1958): 66-96.

**沖田瑞穂**（おきた・みずほ）
1977年生まれ。学習院大学大学院人文科学研究科日本語日本文学専攻博士後期課程修了。博士（日本語日本文学）。現在、中央大学、日本女子大学、白百合女子大学非常勤講師。
専攻はインド神話、比較神話。
著書に『マハーバーラタの神話学』（弘文堂、2008年）、『怖い女』（原書房、2018年）、『人間の悩み、あの神様はどう答えるか』（青春文庫、2018年）などがある。

マハーバーラタ入門《にゅうもん》
インド神話の世界

2019年 5月 10日　初版発行
2025年 1月 20日　初版第5刷発行

著　者　沖田瑞穂
発行者　吉田祐輔
発行所　㈱勉誠社
〒101-0061　東京都千代田区神田三崎町 2-18-4
TEL：(03)5215-9021(代)　FAX：(03)5215-9025
〈出版詳細情報〉https://bensei.jp

印刷・製本　中央精版印刷
ISBN978-4-585-21052-8　C0014

# 索　引

## 【カ行】

## 【サ行】

## 【タ行】

## 【ナ行】



## 【ハ行】

## 【マ行】

## 【ヤ行】



## 【ラ行】